バージンパンケーキ国分寺

雪舟えま

集英社文庫

contents

バージンパンケーキ国分寺

1. みほと久美

湿度八十、みずみずしいくもり空。きょうの日替わりメニューは——ソーダ・ゼリー・ホイップにしよう、と、長谷川《はせがわ》まぶは思った。

よっこらしょ、とカウンターに黒板をのせ、スツールに浅く腰かけて、白いチョークで「ソーダ・ゼリー・ホイップ」とカタカナで書く。

まぶには独自の字体があって、彼女が書くカタカナは遠目にはアルファベットの筆記体のように見える。とろけたクリームを思わせる文字を満足げに見おろし、つづけて、三枚がさねのパンケーキのうえに、青い水玉もようのホイップクリームを巻いた絵を描いた。青のチョークを使って念入りに、瞳のようにくりくりと描きこむ水玉は、一粒ひとつぶがソーダ味のパール状のゼリーだ。

店の入口わきに完成した黒板を立てかけ、引き戸の取っ手にさげた木板を裏返して「CLOSE」から「OPEN」にすると、開店準備のすべてはととのう。

いらっしゃいませ、お客さま、とまぶは心の中で往来に向かって頭をさげる。

心がすべての、この店へようこそ。


「まぶさん、どーもお」

いちばんのりのお客は、陽炎子《かげろうこ》だった。ふくよかな体をインドふうの薄手のひらひらしたワンピースに包んで、先のとんがったサンダルで、ちょちょちょちょと駆けよってくる。そして高いスツールに飛びのるように腰かける。カウンター奥の、まぶの向かいが陽炎子のいつもの席だ。

「ごきげんね」

まぶは青みがかったグラスに、木炭の沈んだガラスの水さしから水をそそいでさしだす。

「ありがとう。わたしはいつもごきげーん。まぶさんもきらきらしているね」

「ありがと」

有線のチューナーをオンにし、つまみをひねると日本語のロックが流れてきた。まぶは了解を求めるように陽炎子をふりむいていう。「きょうはこの番組みたい」

「いいね」

陽炎子は目をつぶってふんふんと、音楽にあわせてとんがったサンダルのつま先でリズムをきざむ。厚い耳たぶからさがった、しずく形のルビーのピアスが揺れる。

「ソーダ・ゼリー・ホイップちょうだい。きょうみたいな、ブルーグレーの雲の日にぴったりね」

まぶはうなずいて、冷蔵庫から卵とミルクびんを取りだした。泡立て器のあたった傷が無数について鈍く光るボウルは、開店当時から使っているパンケーキのたね専用のもの。陽炎子はカウンターに頬づえをついて、まつげの長い大きな目をぱちぱちさせて、まぶの作業を見つめる。

「いつ見てもほれぼれする手ぎわ」

「ずっとこればっかりやってたらね」

「料理とかお菓子作りのうまい人って尊敬する」

「陽炎子さんのタロットカードさばきも、みごとだと思うよ」

「はは。手品じゃないんだからカードさばきがうまくてもね。――たねの時点ですでにおいしそう。お月さまみたいな黄色」

「ね」

「わたしその色見てるとね、幸せなんだけど、なんだかさみしくなるのね」

「うん?」

「ものごころつくころに母を亡くしてるでしょ。代わりに父がよくホットケーキ焼いてくれたんだけどね、土曜の昼に会社から帰って、まだワイシャツとスーツのズボンのまんまで」

「うん」

「父ががんばってくれるのがうれしくて、必死になって見てた黄色なんだ。わたしも愛されてたんだなって、その記憶っていまも支えになってる」

まぶは温めたフライパンにレードルの先からたねを落とす。冷たいたねはシュッと音を立てて、熱い鉄のうえで波紋を描きながらきれいな円にひろがる。焼きあがったパンケーキにゼリー入りホイップを盛りあげ、

「じゃあ一枚おまけ。子ども時代の陽炎子ちゃんに」

と、それとはべつにプレーンを一枚、絵皿にのせてさしだす。陽炎子はぱっちりとした大きな瞳をうるうるとさせた。

「やだ！　うれしい！　じゃ、それメイプルシロップでいただく！」

カランコロンコロン。

ガラスの引き戸がひらき、ドアベルの音色のもと、制服の女子の集団が入ってきた。

まぶは顔をあげて入口を見る。あらっ、と陽炎子もふりむく。

「ここだここだー」

「バージンパンケーキ、国分寺《こくぶんじ》」

「書いてる場所とちがうけど」

「この音楽うける」

「ソーダ・ゼリー・ホイップだって。うまそー」

五人の少女たちは店内をきょろきょろ見まわし、校名の入ったバッグをテーブルにいすにどさりどさりとのせて座った。

「ソーダ・ゼリー・ホイップふたつー、キャラメル・ベリー・UFOひとつー、レインボー・エナジー・ソースひとつ、パッション・キャットひとつください」

ロングの黒髪をひたいでわけた、リーダーっぽい少女が注文をとりまとめ、まぶの目をまっすぐに見つめていった。まぶはうなずく。

「さいきんの子は、鳴るのねー」

陽炎子はまぶしそうに少女たちのグループを眺める。まぶは卵をつぎつぎとボウルに割り入れる。

「どの子だろ？　やっぱあのはきはきした子かな」

まぶは苦笑いして首を横にふる。

「あ、またお客さんだよ。まぶさんきょうもいそがしくなりそうだ。はやく食べちゃお」

陽炎子はパンケーキにざくざくとナイフを入れて口へはこぶ。

ドアベルをはでに鳴らし、赤んぼうづれのママ友グループが入ってきて、店内はいっそうにぎやかになる。少女グループの声もつられて大きくなる。

陽炎子はカウンターに代金をおいて、逃げるように、「じゃまた！」

すごーい、うまーい、あまーい、という少女たちの歓声。赤んぼうがぐずる。まぶはカウンターの中の暗がりに腰をおろして、冷蔵庫にマグネットでとめた食材の残数のメモをぼんやりと見ていた。カウンターの中は客席の喧騒《けんそう》が嘘《うそ》のようにしずかだ。

まぶはねずみのキャラクターのついた、さびた小さな灰皿をシンクのふちにのせ、花の香りを味わうすみれたばこを一本出して吸う。

そして有線の曲に耳をすませる。

「ブレーカー落ちろ／いきなり暗闇になって／煙がすきまへすわれるように／君に手を伸ばせるだろう」深みのある甘い声がせつなそうに歌う。

むかしよく聴いた「ウニーズ」の《林間学校》。ボーカルのシゲザネの声が、まぶはすきで、「昆布だしのような声だ」という、彼女としては最大限の賛辞を送っていたのに友人たちには理解されなかった。

やっぱりシゲザネは、昆布だしに砂糖をちょっぴり混ぜたような声だなあ。

シゲザネの声を飲むことができたらどんな気持ちがするだろうと、まぶはていねいに昆布でとっただしに、きび糖をすこし溶かして、人肌まで冷ましたものを飲んでみたことがある。十代のころに。シゲザネの、こわがりなひとが勇気を出して愛をささやくときのような声が、まぶの口の中を満たし、のどをとろりとくだり、胸の皮膚のしたの網目のすみずみまで流れていくようだった。シゲザネの手が胸に触れたような感じがして、まぶはしびれた。家族のいない日の台所で、まぶはくりかえし「シゲザネの声の飲みもの」を作っては飲み、彼に触れられ、愛される感覚にふけった。

ブレーカー落っちろー、いーきーなーりー暗闇になってー。歌詞は年をとるのねえ。口ずさみながらまぶは思った。いつからか、世間の建物からブレーカーというものを見なくなった。

灰皿の、ねずみの絵を避けたところに短くなったたばこを押しつけて消し、もう一本に火をつけた。

＊

久美《くみ》、みほ、堀子《ほりこ》、こづえ、鋭《えい》。

さいきんの昼休みのトピックといえば、鋭にできた新しい恋人の話だ。映画館のバイト先の大学生とつきあいはじめたという。

森《もり》みほは、ほかの四人が盛りあがる恋の話にこれといって意見もなく、シェアできるほどの経験もなく、弁当箱の中を見つめながらどの順番でおかずを食べるか考えていた。

「年上っていい？　優しい？」

と、恋に恋するこづえがいった。たれ目がいつにもましてとろんとしている。

「うんいい、最高。優しいしすごくほめてくれる。がんばりがいがある」

この週末は久美に見立ててもらった真っ白なビキニを着て、大学生と海にドライブに行ったばかりの鋭。自信にあふれて、直視するのもまぶしいくらいだ。久美いがいの三人には、そんな光景はまぼろしのように思える。みほなどは白い砂浜を想《おも》い浮かべると、ほとんど反射のように、曲がりくねった松の木と悪がきどもにいじめられている亀、それを助ける浦島太郎の図を連想してしまう。

「ビキニ……」こづえは弁当箱の中のカレー味カリフラワーを箸先でもてあそび、「海……」と、うかされるようにつぶやく。

「同級生なんてほんと子どもで」

鋭は牛乳のような真っ白な肌に、茶色っぽい天然パーマのショートヘアが耳のうえでクルクルとひろがって、きつめの性格とうらはらに外見は西洋のお人形さんのように可《か》憐《れん》だ。アダムスキー型ＵＦＯみたいな髪型だな、と、みほはよく思うが、口に出したことはない。

同級生は子どもといわれて久美は苦笑いしている。いい返さないところが余裕ねえ、と、堀子もこづえも久美の反応を見守る。鋭は久美になんとかいわせたいようで、地味男子グループで弁当を食べている岸明日太郎《きしあすたろう》を見やっていう。

「あんなのとつきあって楽しい？」

「鋭ひどい。うちだってそう思うけどいわないよ」と、堀子。

堀子は日ごろ、小説や漫画のキャラクターには欲情するけど現実の男はどうでもいいと公言している。

「こんど演芸ホールつれてってくれる約束してる」

久美は澄ました顔でそういい、ひたいでわけたたっぷりとした髪を耳にかけた。

「エンゲーホールてなに」けげんそうに聞く鋭。

「落語とかやるところ」

「落語！　さすが岸ボーイ、あはは、はは」

「演芸ホールおもしろいよ。明日太郎にとってはすごくだいじな場所だよ」

みほはたまらず口を挟んだ。明日太郎はみほの小学校からの幼なじみで、明日太郎のすきなもの、苦手なもの、思考回路やくせはだいたい把握している。ここは弁護せずにいられない。

みほは久美に向かって、

「あすこにつれてくっていったんなら、明日太郎は久美ちゃんを大切にしてるってことだよ」

「トゥモローボーイ、顔がいいのは認めるよ。ちょっといいよね」

鋭は焼きそばボールのふくろをぱふっとあけていった。

「うん、うちも顔だけなら、このクラスでつきあうなら岸だな」と、堀子。

「えっ」「えっ」と、みほと久美は同時に短く声をあげる。

「あすたろ人気あんな！」と、みほ。

「やめてよ、心配になる」と、久美。

勝気な久美が、明日太郎のこととなると不安そうな表情をする。ほんとうにすきなんだな、と、みほは久美を見つめた。

思い出したように、話題を変えたいかのように、久美はあっという。

「ねえ、こないだのバージンパンケーキ、また行かない？」

「行くう、おいしかったあ」

こづえが即答する。

「メニューの名前が長くて覚えられないけど、うまかった」と、堀子。

「あ、あたしきのうあすと行った」

正直にそういってしまってから、みほはあっと口をふさぎかけた。久美の冷たいまなざしがつららのようにつき刺さってくる。

鋭とこづえと堀子は、あちゃーという表情でみほを見た。三人とも無言で無神経さを責めている。みほは肩をすくめる。

「まあ、幼なじみだしねえ。遊びにいったりするわなあ」

鋭はとりなすようにそういい、

「久美怒りなさんな、みほはその気ないんだから。みほのおかげで岸とつきあえたんだし」

「べつに怒ってない」

ひとことそういい、久美はしずかに箸をおいてペットボトルの水を飲む。

久美は全身からぴりぴりとしたオーラを放って、みんなシュンとなってしまう。やっぱりグループのリーダーは久美で、久美の気分しだいで空気が変わるのをみほは見ていた。

みんなで行ったバージンパンケーキが気に入ったから、親友の明日太郎もつれてってやりたいと思っただけだった。明日太郎とつきあいはじめた久美の言動は、時どきみほを困惑させる。明日太郎とふたりだけになりたいから呼び出してほしいと、いきなり頼まれたのが一か月まえ。それまで、久美と明日太郎に接点があるなんてまったく思いもよらなかったのに。

「ついこないだまで年下最高っていってたくせして」

「鋭？」

久美はいまいましげにうなずく。放課ご、みほと久美はふたりで図書室に来ていた。そう決めたわけでもないけど、なんとなく、教室の掃除の終わったあとはスクールバスが来るまで図書室で時間をつぶす。

久美は昼、鋭にちくちくいわれたことが腹にすえかねているようだった。久美は五人組のときにはおくびにも出さないことも、みほとふたりだけのときにはわりとむき出しにする。

「きょうのあれなんなんだよ」

「まあちょっと挑戦てきではあった」

「あんな浮かれてんじゃ長つづきしないわ鋭は」

と、久美は吐き出すようにいう。

みほは本を物色しつつ、「はは、呪っちゃだめだよ久美ちゃん」

きょうはふたりとも活字を読みたい気分ではなく、新着図書の棚にさらっと寄ったあと図鑑の前にぶらぶらとやってきた。みほはお気に入りの「宇宙・天体」の巻を引きだし、体育座りをして胸の前にひろげる。

「ああおさまらん」

久美はコーヒーブロックにストローをぶっさす。「なにそれ、また宇宙？」

「うん」

「その図鑑古くない？　まだオロロン彗星《すいせい》見つかってないやつでしょ」

「プルートも準惑星のままだよ」

みほはぱらぱらと、お気に入りの「プルートとカロン」のページをさがす。久美はストローをくわえ、「古い情報読んで、おもしろいの」

「古いとか新しいとかあんま意味ない気がしてる。だってこういう説って、これがぜったい正しいっていうのないし」

「え、そうなの」

久美もみほのとなりにひざを抱えて座る。

「いちばんでかい声の学者の説がとりあえず正しいってことになるんじゃないの？　新しい説が出ましたってニュースになるたびに、さらに声の大きい人が現れたんだな、って思う」

「えーっ、そういうもん?!」

おどろいた久美の、甘い、コーヒーの匂いの息。

「宇宙なんかそれぞれ、信じたいように信じてればいいんよ」

「そういうもんか。そういうことでいいのかな」

「いいもなにもひとはそれぞれちがう宇宙に住んでるんだし」

みほははてなマークの浮かんだ久美の顔をちらっと見て、「ま、明日太郎の受け売りだけどね」とは、いわずにおく。

久美は横から図鑑をのぞきこみ、ささやく。

「……星って、ずっと見てるとへんな気持ちになってくるね」

みほはうなずき、

「うん。とくにこの太陽系の惑星の大きさ比較、きもいのに見てしまう」

「きもい？　なんでフフフ」

久美が笑う。

「なんかさ木星と土星おかしくない？　ドーン、ドーンってうおーバランスへん、おえーって」

「なにいってるかわかんない」

久美はおかしそうに首をふってひとしきり笑うと、みほのひざに手のひらをおき、

「みほと話すのは、やっぱいいねえ」と、ため息をついた。

「そうお」

「うん。女っぽくないもん。いい意味で。鈍感だけど」

「えー」

「あたし、女のいやなところもう疲れた」

心底そう感じているように久美はため息まじりにいう。「他人のも自分のも」

そのとき、「こらそこ!」と、ふたりが座っている書架と書架のあいだの通路に、ひょっこりと図書部顧問の教師が顔を出した。「飲食禁止!」

「すんませーえ」

久美はめんどうくさそうにいい、「外で飲んで、捨ててくるわ」と、立ちあがる。

グレーのボックスプリーツスカートが、みほの鼻先をかすめる。ドラッグストアにずらりとならんでいる、柔軟剤の強い香りがする。

みほの家では母親が化学物質アレルギーで、食品も洗剤も衣類もすべて、天然素材の無添加ものでそろえられていた。無添加マニアの母は、みほが香りつきの制汗スプレーを使うのさえいい顔をしない。よくないと母に聞かされていても、久美からただようコマーシャルの世界そのもののお洗濯の香りは、いかにも女の子らしく思え、みほには憧れだった。

(あたし、汗くせー)

みほは図鑑と胸のあいだの空間に顔をうずめ、くんくんと自分の匂いをかいだ。

みほのすきな匂いは、明日太郎の家のルームフレグランス。明日太郎のママから、「グリーン・ティー」というのだと教えてもらった。空きびんももらった。ようは緑茶だけど、フランスのメーカーの手にかかると素晴らしくしゃれた香水になるのだな、と、みほは感心したものだった。はじめはすっきりした草の甘さが鼻を抜け、あとからのどの奥がきゅっと鳴るような渋みがやってくる。そんな香りが明日太郎の服にもしみこんでいて、それをかぐのもみほはすきだった。

「おまたーし」

もどってきた久美は赤いリップグロスをつけていた。みほを見おろし、つやつやとした唇でいう。

「みほってさ、岸とよく遊ぶの」

「え？　あそ、ぶ、ことは、あそぶ、けど」と、答えたみほは、自分の口調が早口で、いいわけめいているのに気づいた。「回数は減ってるけど」

「やっぱ遊ぶんだね」

久美はふうっと息をつき、バッグを肩にかける。みほも図鑑を棚にもどして立つ。

「遠慮してもらうこと、できる？」

「遠慮って」

「友だちだってわかっててもつらいんだ。ふたりがあたしの知らないとこで会ってると思うと」

「パンケーキ屋に行ったこと、怒ってるんだね」

「あれは……いい気はしないよ」

久美は顔にかかる髪をくしゃっとかきあげ、つらそうにいう。「あたしが、岸と行こうと思ってたんだもん」

「ごめん」

「もうそれはいいから、これからは会わないでくれる？」

「久美ちゃんが想像してるようなこと、ほんとになんにもないよ」

「ごめんほんと、それはわかってる。ひどいこといってるのもわかってる」

久美らしくなく、みほの目をちゃんと見て話せない。

「みほが、岸の名前呼びすてにするのを聞くだけでも傷つく。ふたりには、あたしが知らない過去がいっぱいあるんだってことが」

「それはどうしようもないよ」

「わかってる。あたしほんと最低だ」

「すきなんだね」

泣きそうな顔で久美はうなずく。

「いいよ、もう会わないよ」

みほがいうと、久美は信じられないというように目をみはる。

「そのかわり」

がくがくと久美はうなずき、「会わないでくれるなら、なんでもする。条件いって」すがるような久美のまなざしに、みほは自分の心がひるむのを感じていた。あとの言葉がつづかない。「そのかわり」なんなのか、自分でもわからないのに口をついて出てしまった。

「そのかわり、なに」

「……えーと」

「うん。なんでもいって」

ないよ、そのかわりなんてなんにも……。みほは口の中でもごもごいう。久美はじっとみほの言葉を待つ。

この親友の胸のうちで、いつのまに自分はこんなにじゃまものになってしまったんだろう。あたしと久美ちゃんのあいだに、薄い膜のようにしのびこんできたものは、なんなんだろう。明日太郎のようで、明日太郎ではない気がする。

「そのかわりね」

みほは心を決め、口をひらいた。

「久美ちゃんとも、すこし距離をおきたい、あたし」

え、と、いいかけたまま硬直した久美の前を、みほは肩にバッグをかけて通りすぎる。そのまま図書室を出て、階段を駆けおりていった。

＊

陽炎子はカウンターのいつもの席から、入口近くのテーブルに腰かけているみほを眺めていた。みほは制服すがたでひとりで現れ、ハーフサイズのパンケーキを食べ終え、いまは文庫本を読んでいる。

カウンターと食器棚のあいだの小さな空間に溶けこむようにして有線を聴くまぶに、陽炎子は声をかける。

「まぶさん、まぶさん」

「え？」

「このところあの子、わたし来るときはかならずってほどいるけど」

「そうね」まぶは目をこすりこすりいう。「陽炎子さん来てないときも、来てる」

「じゃあほとんど毎日じゃないの」

「そうね」

「だいじょうぶなのかな」

「なにが」

「高校生のおこづかいで、毎日ここ通って」

ああ、そうね、というようにまぶはうなずく。

「さいしょに一緒に来た子たちはあれっきりじゃない？」

「あのあとつれてきた男の子も、いちどきりだね」

「え、男子も来たの」

「いまは親友の彼氏になった、幼なじみだって」

陽炎子は人物相関図を想い浮かべているように一瞬だまりこみ、「複雑そうね」

「向こうからなにもいわないから、聞かない」

陽炎子はじれったそうに、「もう、まぶさんクールだからさあ。きっとその親友となんかあったにちがいないよ。わたし気になる」

「みほちゃんよ」

「え？」

「みほちゃんっていうの。あの子」

陽炎子はにっこり笑い、みほのほうを向いて手をふる。

「おーい、みほちゃん！」

窓ぎわのみほは、びくっとして本から顔をあげ、カウンターの陽炎子を見る。

「そうそう、君だよ、みほちゃん。こっちおいでよ！」

みほは自分の顔を指さして首をかしげる。陽炎子は手招きして、「そうだよ！　来てごらんよ、いまからわんこパンケーキやるから」

みほは本をテーブルにおき、カウンターに近づいてくる。ここ座りなよ、と、陽炎子は自分のとなりのスツールをさす。

「わんこパンケーキはカウンター席だけのサービスだよ、しかも空《す》いてるときだけの。きょうはほかにだーれもいないから、きっとまぶさんやってくれるよ、ねー？」

と、陽炎子が顔をのぞきこむようにしていうと、まぶは苦笑してうなずく。

「わんこパンケーキってなんですか」

「ここのパンケーキ、みんな何枚がさねとかじゃない？　見た目は豪華でいいけど、食べてるあいだに冷めちゃうと思わないかい？」

「そうですね。あたし食べるの遅いし」

「わんこパンケーキは、一枚食べ終わるころに、焼きたてあつあつの一枚をお皿にもらえるの。もうお腹《なか》いっぱい！　ってなったら、ストップっていうの」

「あ、わんこそばシステム」

みほが笑うと陽炎子はうなずき、「これから何枚か食べようと思うの、みほちゃんも一緒にどう」

「えっと……さっきハーフサイズ食べたから、ちょっとなら」

「いいじゃんいいじゃん、食べざかりなんだもん。おーし、まぶさん焼いてちょうだい」

かしこまりました、と、まぶはボウルに卵を割り入れる。

「片手！」みほはおどろいて、頬づえからあごが浮いてしまう。「片手で卵割ったー！」

そんなことでおどろくの、と、陽炎子とまぶは笑う。

「泡立てもはやっ！　ちょう高速っ」

みほは立ちあがって調理台に身を乗り出した。

「ちょっとあんたそんな姿勢して、お客さん入ってきたらパンツ見えるよ」

「その茶色い粉、なんですか」

「てんさい糖」

まぶは短く答える。陽炎子は補足する。「ここはお砂糖みんなこれ。ガムシロップも茶色っぽかったでしょ、このお砂糖でつくってるから」

「あ、聞いたことあります、てんさい糖って北海道の砂糖大根からつくるお砂糖ですよね、からだを温める作用があるって……」

「よく知ってるね」

と、まぶ。

「母が健康食マニアでそんなことといってたような。寒い土地では体を温めるもの、暑い場所では体を冷やすものが採れる。その土地に住むために必要なものができるって、地球ってよくできてるなーって」

「ほんとうにそうね」

まぶに肯定されるとなんだか得意な気持ちがして、みほはへへ、と、照れ笑いする。菜の花色のとろりとしたたねを、熱したフライパンにたらす。レードルの尖《とが》った先からすらりとまっすぐにおちたたねは、胸がすくようなきれいな円にひろがった。

「ああ」

みほの口から声がもれる。

「そうそう」

陽炎子も満足そうに、ひろがるたねを見つめる。

「この甘い匂いも、幸せそうな黄色も、まるい形も、ひきょうよねえパンケーキってのは。わたしのこの体型ね、三割くらいはまぶさんのパンケーキのせい」

「はじめて会ったときにはもういまと変わらなかったよ、陽炎子さんは」

「いや、ちがった」

「おふたり、仲よしなんですね」

そうね、と、まぶは目を伏せてうなずく。「さいきんお友だちは？　まえに一緒に来た明日太郎くんは」

「あすたろは」みほはココンと咳《せき》ばらいして、「会わないことに、してて」

「会わないことに」

「はい。親友が、あたしとあすたろが遊んでると思うと、友だちどうしだとわかっててもつらいんだそうです」

「彼と会わないでほしいっていわれたのね」と、陽炎子。

みほはカウンターにべったりと伸びていた胴を、かたつむりのようにじわじわとひっこめてスツールに座りなおす。そして、はいとうなずく。

「久美ちゃんは――あ、その子の名前なんだけど――久美ちゃんの気持ちは、わからなくもないし、明日太郎のはじめての彼女だからじゃましたくないんで、会わないことにしたけど」

「したけど？」

「久美ちゃんとも距離おくことにしました」

みほはうつむいたまま、「久美ちゃんとあたしのあいだに起こってることを、理解するのに、時間がいると思って」

陽炎子は数秒考え、口をひらく。

「久美ちゃんは、あなたと明日太郎くんが友だちどうしだとわかっててもというより、友だちどうしだからこそ、つらいのかも」

「どうしてですか」

「久美ちゃんは、明日太郎くんの彼女にはなれても友だちにはなれない、からかな」

「彼女兼友だちって、可能だと思うけど」

「あなたならね。でも久美ちゃんは、自覚してるかはともかく心の底ではわかってるんだよ。自分は明日太郎くんと友だちにはなれないってことが」

「それは、なぜ」

「久美ちゃんていう子は、たぶん男子に、女としてしか近づきかたを知らないんじゃないかな」

　みほは雷に打たれたように、びりっと震えた。陽炎子に向きなおる。

「それだ、それかも。どうしてわかるんですか？」

「彼氏から女友だちを遠ざけようとする、その嫉妬の深さから、なんとなく」

「……たしかにあの子、小四から男がとぎれたことないって」

「久美ちゃんは男女の友情を知らないから、信じられないのかもしれないね。なんだかんだいってけっきょく、あなたと明日太郎君の友情が恋に変わってしまうんじゃないかと、こわいのかも」

「あたしをこわがってるのはたしかです。それがむなしいんです」

　みほはつづける。

「久美ちゃんが、あたしには本音いってくれるのがうれしかったのに。いま久美ちゃんはあたしを信じてなくて、こわがってる。たったひとり男があいだに挟まっただけで」

陽炎子は目をとじてうんうん、とうなずく。

「まずは一枚」

ふたりの前に、大皿にのった焼きたてのプレーンパンケーキがおかれる。まぶはエプロンの腰に手をあて、「トッピングの希望があれば」

「まずはバターだけでシンプルにいただくわ。あとでメイプルシロップもらう」

陽炎子は福々しい指にナイフとフォークを構え、パンケーキを切り分けながら、

「みほちゃんは、だれかすきになったことないの？」

「…………」

「あれ、だまっちゃった」

「いえ、あの——あたし中学くらいまで男みたいで、よく男子ととっくみあいのけんかしてたんですけど。自分が女だとは思ってなかったなあって。男対男の気持ちでなぐったりしてた、といま気づきました」

「あなたが中学のころって、つい一、二年まえじゃないの」

「そうなんですけどー」

と、みほは両もものあいだにこぶしを押しこんで、肩をすくめる。

「かたや十歳から女の意識がめざめて、かたや十五歳まで自分を男だと思ってたんだものね。個人差が大きいなあ十代は」

「それで明日太郎に、君は男だからって、みーくんってあだ名つけられて」

みほはすこし考えていう。「あたし、騎士だと思うんですよね」

「キシ？」

「ナイトの騎士。騎士道精神。むかしから、女の子は護《まも》るものだと思っててひいきしちゃう。久美ちゃんを傷つけたくないばかりに、明日太郎がどう思ってるかちゃんと聞かずに、会わないと決めちゃってた」

「幼なじみってことは、おうち近いんじゃないの」

「だから会わないと決めても、出くわしてしまう可能性はあり」

「はい、二枚め」

まぶはもくもくとパンケーキを焼き、空になった皿にすべりこませる。

「そういうわけで、あたしさいきんひとりなんです」

「みほちゃん放課ご、予定ない日うちでバイトしたらどう」

だまってふたりの話を聞いていたまぶが、三枚めのたねをフライパンに落としながらいった。

「えっ、えっ」

みほはバターのしたたる口をぬぐい、「いいんすかっ」

「お給料そんなにいっぱい出せないけど、すきなだけ食べていいから」

「えーっ！」

卒倒するーう、と、さけんでみほはのけぞる。

「うれしい！　やります！　やらせていただきまっす！　あとすこしで夏休みだし！」

まぶは目を細めてほほえむ。陽炎子は「いいなー、いいねー」と、まぶしそうにみほを眺めた。

湿度八十、きょうもみずみずしいくもり空。

2. みほと明日太郎

グループのみんなではじめてバージンパンケーキに行った、数日ごのこと。

「おっかしーな」

熱風にはためくルーズリーフを両手でぴんとひらき、みほはつぶやいた。電信柱の番地表示を見ていう。「あすたろ、きょう行けんかもしれんよこれは」

「あんでよ」

「こないだも書いてる住所とちがったんだよな……」

「座りたい。のどかわいた」

明日太郎はネクタイをはずしてリュックにつっこみ、ハンカチで首まわりを拭いた。汗がつうつうと頰を伝って襟に吸いこまれる。

「古い住所なんじゃないの。頭おかしいよこんな炎天下に歩きまわって」

くねくねと訴える明日太郎に、みほはめんどうくさそうにいう。「わかったたって」

「熱中症んなったらどうしてくれる」

「オゴル！　コーラおごる！」

みほは明日太郎の腕をつかんで歩きだし、「汗ぬるぬるッ」と、すぐに手を離す。明日太郎はあきれて、「だれのせいだと思ってるの？」

駄菓子屋の前にならぶ自動販売機でみほはコーラを一本買い、のどを鳴らしてけっこう飲んでから明日太郎に渡す。ふたりはペンキのはげてきた古いベンチに座る。

「こないだ久美ちゃんたちと来たときは、いまにも降りそうな天気だったんだよね」

「ふーん」

「きょうはかんかん照りでしょ、景色の感じがちがって見つけられないのかも。雨の日とか夜とか、天気や時間帯で、来たことある場所も印象変わって見えるじゃない？」

「それ、みーくんいつもいうね。方向おんちのいいわけ？」

「可愛《かわい》くねー」

みほは明日太郎のひたいをたたく。明日太郎は「いてぇ」と、痛くもなさそうににやにやしていい、人さし指でめがねを押しあげる。

軒先のカラフルな包装の駄菓子を眺めて、みほは小学生のころすきだったくじつきガムを見つける。「ネプチューンガムまだあるんだ！」と、立ちあがりかけたとき、制服のグレーのスカートに、ぼたりと大きな黒いしみができた。

「あっ」

地面にもつぎつぎとしみの数が増えてゆく。ふたりが顔をあげると、さっきまで真っ青だった空にいつのまにか雲がせりだしてきていて、ばらばらとぬるい大粒の雨が降りだした。

「夕立」

明日太郎がつぶやく。またたくまに本降りになる。

そのとき、店の奥からサンダルの足音がして、おばあさんが巻いたビニールの筒を抱えて現れた。軒先の商品のうえに雨よけにひろげようとする。

「手伝いましょうか」

さっと立つ明日太郎。おばあさんは少年を見あげてほろほろっと笑った。ビニールの四隅をふたりでつかみ、明日太郎はショーケースの向こうにまわる。

「こうですか?」

「そうそう」

みほは座ったままふたりのようすを見ていた。若者の親切がうれしそうな表情のおばあさんと、もうひとつのビニールをひろげてきびきびと動く明日太郎。

(岸、だれにでも優しくってさ)

久美の声が頭の中によみがえる。

(あたしだけに優しいわけじゃないんだなーって、ちょっと、思う)

（そこがあすたろのいいとこじゃない？）

と、みほはいったのだった。

（そうだよね、あたしも岸のそこがいいって思ったんだった）

（でしょう）

（うん、うん、わかってる……初心忘るべからずだ）

久美の苦しそうな笑顔がふっと浮かんだとき、「ありがとねー、ほんとありがと。いい子たちだあ」と、おばあさんの声が聞こえて、みほはわれにかえる。

ひろげられたビニールのうえにはつぎつぎと水玉が生まれていた。ふたたびとなりに腰かける明日太郎に、みほはいう。「よかったね、手伝ってあげて」

「うん」

明日太郎はめがねをシャツのすそでぬぐう。

店の奥にひょっと消えたおばあさんは、板チョコレートを二枚もってもどってきた。

「ハイ、これ食べてね」

「あッ、かえってすいません、いただきます」明日太郎はみほをふりむき、一枚渡す。

「はい」

「あたしももらえんの？」

「ということでしょ」

「なんにもしてないのに」

「いいから。気持ちだから」

ふたりは銀紙をむき、すこし柔らかくなっている板チョコレートをはむはむと食べた。雨はどんどん強まる。足をおろしているとあたる。みほはベンチのうえにひざを抱えて座りなおす。

「降られちゃったね」と、みほ。

「涼しくなっていい」と、明日太郎。

「ごめんね」

「来たかったんでしょ」

気にしてないように明日太郎はいって、コーラのさいごのひと口を飲んだ。くずかごに缶を放り、ぽつりという。

「おれも来てみたかったから」

みほはにこにこという。「あっす、めがね貸して」

明日太郎は銀ぶちのめがねをはずしてみほに渡す。みほはめがねを手のひらで転がし、

「おっさんメガネ」

明日太郎はおかしいのをこらえるように口を一文字に結んで、前を向いたままでいる。

みほは明日太郎のめがねをうばうといつもそうするように顔にかけ、ひゃーくらくらす

る、頭いてー、といってはしゃいだ。

「食べる気まんまんだったんだけどなあ、パンケーキ」みほはぼやく。

「じゃあモコモコハウス行く？」

「ぜんぜんちがうんだよォ、ファミレスのとは」

口をとがらせるみほに、やれやれと明日太郎は肩をすくめる。道路を白く泡立たせるほどの雨はいつしか弱まり、軒先からしずくがこぼれるばかりになった。

「帰ろか」

「うん……」

バッグのもち手に腕をくぐらせかけたとき、みほはさけんだ。

「あァーッあった！　あすこだあれだ、バージンパンケーキ！」

「え？」

「なんでいままで気づかなかったんだあ？」

駄菓子屋の向かいの路地へ、雨水を跳ねあげて走りだすみほのあとを、明日太郎も追いかける。

バージンパンケーキ国分寺。白壁が雨に洗われていっそう輝いている。引き戸の入口わきには日替わりメニューの黒板があり、きょうは「フルーツとナッツのタンバリンケーキ」。パンケーキのまわりにパイナップルやオレンジやキウイが、タンバリンの鈴のようにぐるりとならべられたイラスト。そしてやっぱり、入道雲のようなホイップクリーム。ひと目見るなり、みほの耳にはフルーツの鈴がシャンシャンと鳴るのが聞こえ、口の中にはつばがるるっとあふれた。

「食べたいっ、これ食べたいっ、あすたろ！　ねえ！」

「へー、すげえ、ふーん」

すぐには言葉にならないらしい、自分とおなじくらい感動しているようすの明日太郎に、みほは満足して戸をひらく。店内には客はだれもおらず、カウンターの中には黒髪を頭の後ろで三つ編みの輪に結った、気むずかしそうな女主人だけがいた。


まぶはふたりの高校生に、「いらっしゃい」と声をかけた。

女子のほうは覚えている。先週の五人組のうちのひとり。さわがしい友人たちの中ではおとなしい感じで、店内をきょろきょろ眺めたり、まぶを見つめたりしていた。強い目をしたショートカットの少女だ。

「あー涼しー、ここ座ろ」

男子が、天井の扇風機の風があたる席にさっさと座る。少女は注意深い猫のように入口の前から動かず、戸のうえからしたまでなめるようにじっくりと見つめている。

「みーくん、おーい。なに見てるの」

「……うん」

「日替わりのやつにすんの？　ドリンクセットは？」

みほは入口を凝視しながらテーブルにつく。明日太郎は年季の入ったアルバムのメニューをひらいて、「アイスコーヒーにしよっかなァー」

ふたりの席にまぶが来る。「ご注文は」

「日替わりふたつと、僕はアイスコーヒー」

みほはまぶの顔を見あげてだまっている。まぶもみほの茶色い瞳を見おろす。

「みーくんは？　みーいーくーん」

明日太郎はみほの袖をひっぱり、みほははっとしたように「おなじ」といった。

「タンバリンケーキと、アイスコーヒーのセットふたつね」

まぶはいい、カウンターにもどってゆく。

「あの人がどうかしたん？」

明日太郎は声をひそめて聞く。

「ドアベルの音がしない……ていうか、どこにもないし」

「え？」

「久美ちゃんたちと来たときは、店に入ったらカランコロン鳴ったの。牛が首につけるような」

「カウベル」

「そんな感じの音したの。戸をあけると揺れて鳴るのかなって。でもそんなのついてないんだよ」

明日太郎はみほの気にするあたりを見て「たしかにないねえ」とつぶやき、そして、どうでもよさそうな態度もあらわにいう。

「みーくんって」

「なに」

「おおざっぱかと思ったらいがいと細かいこと気にするよね」

ふたりの席の窓の前を母親と小学生らしき娘が通った。戸口で日替わりメニューの黒板を見て、娘がきゃあきゃあいっている。

「――あ、あ、聞いててよ、入ってくるから」

「はいはい」

カランコロンカラン。

鳴った！　みほと明日太郎は顔を見あわせる。

「おれたちのとき鳴らなかったな？」

「そうなの、鳴ったり鳴らなかったりするんだよ。どこにもないベルが」

母娘は期待でいっぱいの表情をして、店の奥のテーブルに座った。きょうはもうなんでも食べよう、食べちゃおうという会話が聞こえる。

みほたちのパンケーキが運ばれてきた。大皿に、顔ほどもある大きな厚焼きのパンケーキ。そのうえにはぐるぐるとクリームが絞られ、まわりにはナッツとフルーツがならび、金色の糸のような飴《あめ》が彩っていた。

「完ぺき……」

なにもかもどうでもよくなるようなパンケーキ。みほはため息をつく。

アイスコーヒーは、チェック柄のガーゼを重ね、手縫いでステッチされたコースターにのっていた。アイスコーヒーがすきな明日太郎はひと口飲んで身もだえし、「う、うまい」とうめく。

「いままで飲んだうちの五本、いや三本の指に入る。黒い色の食いもんは、やはりうまい」

「コーヒーって食べもの？」

「うまいコーヒーは、豆料理だ」

みほは笑って、細めのストローでアイスコーヒーをする。ほんとうにおいしい。

「久美ちゃんともちゃんとデートしてる？」

「え」

明日太郎は虚をつかれたようにストローから口を離し、顔をあげ、「知ってんでしょ、どうせ」という。

いつも久美とつるんでいるみほである。教室で、ふたりが自分のほうを見ながら話しているのを明日太郎は知っている。

「知ってるって、なにを」

「つつぬけなんだろ、おれとどうしたとか」

「まあね」

「こわいな、女のおしゃべり。みー公はそういうんじゃないと思ってたけど」

「そういうんじゃないって?」

「だれとだれがどうだとか。そういうくだらんこととは距離をおいてると」

「くだらんって、久美ちゃんとあんたのことじゃん。あんたはともかく久美ちゃんに失礼」

「内緒ね」

明日太郎はごめんというように両手を合わせた。

話がとぎれる。

親友の恋人になってしまった幼なじみの、扱いかたがまだよくわからない。久美ちゃんをだいじにしなさいよ、ちゃんとデートしなさいよ、と、明日太郎に小言をいうのが近ごろはみほの役目のよう。

そんなことをいう自分はあまりすきじゃないし、明日太郎もいわれてうれしくなさそうだし……。

（あたしは、女子に甘くて、久美ちゃんの肩ばかりもつけど）

みほはひと口ぶんのパンケーキに、そっとフォークの先でクリームとフルーツをのせ、口にはこぶ。

（つきあいの長さならずっとずっと、このあすたろのほうなんだよなあ）

みほと明日太郎は家が近所で、小学一年からの友だちだ。それは高校に入って親友になった久美が、明日太郎とつきあいはじめたからって変わらないことなのに。このごろは明日太郎と学校帰りや休日に遊びにいくことも減ったし、遊んだとしても、久美に遠慮してこんなふうにぎこちない時間になっている。

みほは食べかけのパンケーキを見おろし、ふんいき変えよ、と口の中でつぶやく。ナイフとフォークをおいて立ちあがる。

「トイレ」

テーブルを離れてカウンターの奥のトイレに向かう。通りすぎるときにチラッと見ると、女店主はカウンターの中で小さないすにうずくまるように腰かけ、紫色の細いたばこを吸っていた。

トイレの鏡で、みほは自分の顔をまじまじと見る。久美のことをもちだすべきじゃなかったかな、と思う。アンティーク調の花柄の陶器の洗面台に手をつき、はーっと長いため息をつく。

明日太郎といるあいだは、むかしからの感じでいよう。久美のことは考えなくていいはず。じゃないとめんどうくさくなって、久美はわるくないのに久美のことが苦手になってしまいそうだ。

「あのう」

席にもどるとき、みほはカウンターの中に声をかけた。ぼんやりしていた店主は、顔をあげて「んん」といった。

「このお店、きょう見つけるのすっごい苦労しました」

「そう」

「住所見ながら来たんですけど」

「まあ、特徴のない住宅街だから」

「あたしまえにいちど来たんです」

「覚えてる」

店主はうなずいた。

「えっ、あたし覚えてます?」

「五人組で来てた。元気のいい」

「はい！　あのときは、えーと、ＵＦＯ……ナントカっていうの食べました」

店主はにこっと笑った。「そう」

「つかぬことうかがいますけど」

「ええ」

「あの――、ドアのところ、ベルってどこについてるんですか」

「え？」

「音鳴ったり鳴らなかったりするなーって。へんなこと聞いてすいません」

「あれは、処女じゃない人が通ると鳴るの」

「なにじゃない人？」

「処女じゃない人」

「え？　は？」

「非処女探知機みたいなものかしら」

店主はそれだけいって、自分のいっていることはおどろくにあたらないというように澄ましている。

「ま、まじですか？　なんですか、正確なんですか、それ。なんのためにそんなのドアのところについてんですか」

みほは首筋から耳のあたりまで、かーっと熱くなるのを感じながらいった。

「そうね」店主は灰皿にたばこの先を押しつけ、「どういうしくみかわからないけど、開店当時からあのベルの音はするね。どこからか。精度は――」

といって、まぶはみほを見つめて首をかしげる。

「鳴らなかったから、あなたはバージン。当たってる?」

みほは思わず「シッ!」と、唇に指を立てる。

「当たりね」店主は笑う。「あ、男の人はノーカウントみたいよ。経験あるなしにかかわらず」

みほは心の中で確認する。ええと、さっきの母と娘は――一回だけ鳴った。母親のぶんか。久美ちゃんたちと来たときは……何回か鳴った気がする。

「お友だちは、だれか鳴ってたね」

店主はみほの心を見透かしたようにいった。

「あの子たちのだれか、もう処女じゃないってこと?」

視線を感じてふりむくと、明日太郎が「なに話しこんでんの?」というように、アイスコーヒーのグラス片手にみほを見ていた。みほは「来んな」と手でしっしっと追い払うしぐさをして店主に向きなおる。

「さっきの質問、もう一個答えてもらってないです」

「え?」

「どうしてそんな、探知機が入口についてんですか。だれの得になるんですか」

「わかんないんだよねえ」

店主は心底ふしぎそうにいった。ふざけているのではないらしい。

「いままでベルのことをいってきたお客さんはいなかったよ。あなたがはじめて」

「あにしゃべってんだよう」

しびれをきらした明日太郎が、席を立ってカウンターまで来た。

「恋人？」

店主が首をかしげる。

「や、あたしの親友の彼氏に、さいきんなりました、岸明日太郎です」

「どうも」

「明日太郎君ね。あなたは？」

「森みほです」

「友だちなの？」

「ええ小一から。つきあいだけは長いっす。こいつの彼女っていうのが、こないだ一緒に来た四人のうちのいちばん元気だった子です」

ああ、あの子ね、というように店主はうなずき、「ごていねいにどうも。わたしは長谷川まぶ」といった。

「なに話してたの」

明日太郎はきらきらした目でみほとまぶの顔を見比べる。「なんでもねって」と、みほは明日太郎の背中を押してテーブルにもどる。

「ベルのこと聞いてたの？」

「いやいや。いやいやいやいや。なんでもないの」

「楽しそうにしゃべってたじゃん」

「楽しいっていうか、なんていうか」

と、みほは冷めてしまったパンケーキにふたたびフォークをさす。

四人の中で、ベルが鳴ったのだれだろう。久美ちゃん？　あのとき先陣きって店に入ったのは久美ちゃん、そのときベルが鳴った気がした。記憶ちがいかもしれないけど。久美ちゃんは処女じゃない？　だとしたら、いつから？　明日太郎とつきあうまえから？　それとも。

「あすたろさ、あすたろってさ……」

明日太郎はマガジンラックの中の雑誌をまさぐり、「新しいのないなー」とぶつくさいっている。みほをふりかえり、「なに？」

「なんでもない」

「食べないの？　残すんなら食べるよ」

「やんねー」

「あっそ」

「あすたろさ、あんたさ……」

「だからなに」

ツッ、といつものように銀縁めがねを指先で押しあげる幼なじみの顔を見て、「やっぱないな、こいつは」と思う。久美からは、映画館や水族館にデートに行ったことは聞いているが、はじめて手をつないだとか、そのていどの報告しか受けていない。

よく見たらまだまだ子どもっぽい顔してるじゃないの。明日太郎なんか、キスだってありえない。

「——ベーコン・アンド・ハーブ・アスピック・グレイシャーだって。おれこんどこれにしよ。晩めしに」

明日太郎はメニューの「お食事パンケーキ」のページをうれしそうにひらいて見せた。一緒に眺めながら、みほは、明日太郎をもうここにはつれてこないかもしれないと思っていた。

＊

バージンパンケーキ国分寺。

修道女のスカート色をした、くもり空の日のみ営業。

晴れの日や雨の日は住所をたよりにさがしても店が見あたらず、おなじところをぐるぐる歩きまわって、つかれはてて帰ることもある。

みほは、晴れや雨の日がせつない。雨はまだいい、やんだあと雲が空に残っているあいだは店が見つかる可能性があるから。

あの店を視野にとらえた瞬間というのは、なんともいえないふしぎな心地がする。ずっとそこにあったのに見えていなかっただけのような、自分で自分の目が信じられない感じがする。明日太郎と駄菓子屋で雨やどりしたあとに見つけたときから、それは変わらない。

バイトに行った日を手帳にメモしている。このごろはくもりの日がおおくていい塩梅《あんばい》だ。みほは生徒手帳こと学校用端末をつねにオンにして、天気予報の「くもり」アラートを待ちわびるようになった。

昼休みは、たいていはいつものグループで弁当を食べ、時どきひとりで校舎の裏庭で食べる。五人でいるときは久美ともふつうに話したが、まえのようにふたりだけではもうすごさない。久美がさびしそうに自分を目で追っていることも気づいていた。でもどうしていいのかわからない。

(みほと話すのは、やっぱいいいねえ)

（うん。女っぽくないもん。いい意味で。鈍感だけど）

（あたし、女のいやなところもう疲れた）

みほは家の近所のスーパーの衣料品コーナーでエプロンを品さだめしながら、久美の言葉をひとつずつ反すうしていた。

ひとはいちど恋にめざめたら、心は女か男のどちらか片いっぽうにしかなれない、そんな不自由なものなんだろうか。

（久美ちゃんていう子は、たぶん男子に、女としてしか近づきかたを知らないんじゃないかな）

と、陽炎子はいった。

かちゃりかちゃりとハンガーをつぎつぎずらして、みほはシンプルな筒型のエプロンを見ていった。グレーの無地で、胸もとに太った三毛猫の顔のアップリケ。そのしたに「HAPPY DAYS」とピンクの糸で刺繍《ししゅう》してあるのが気に入って、ハンガーごとラックからはずして手に取ってみる。

「ハハ、だっさ可愛い」

値札を見る。そして頭上でエアコンの風に揺れる三十パーセントOFFのポスターを見あげる。よし、買える。エプロンを抱えてレジのほうへとクルッと体を向けたとき、そこに立っていたのは明日太郎だった。

「ううわあ！」

みほは、あごがすこんと落ちそうなくらいに口をひらいてさけぶ。

「すごい顔すんね……」

明日太郎はポロシャツによれよれジーパンの私服だった。

「あすなんでここにいんの」

「みーくんち行ったらここに来てるって。……それ買うの？」

「うん」

「なんでエプロン」

「仕事で使うの」

「しごと？」

「あのパンケーキ屋でバイトはじめたんだ」

「えっ！　知らない！」

「いってないもん」

「それでいそがしいんだな。だから会えないのか」

納得したような表情の明日太郎。そうじゃない、順序は逆だ、と、いいたくなるのをみほはこらえた。

「なにしにうち行ったの」

「なにしにって。なにしてっかなーと思って」明日太郎はめがねを指で押しあげ、「理由いる？」

「いや、いらん」

いままでふたりが会うのに理由なんかなかった。新しい漫画やゲームを買ったという口実もいらなかった。なんとなくおたがいの家に遊びにいき、家族のように部屋にあがり、なにがどこにあるか知りつくした本棚の、もう何度も読み終わっている本や雑誌をまた読む。それすらしないで、ただごろごろする。そんな時間をすごしていたのだから。

「とりあえず、レジ」

みほは明日太郎のわきをすりぬけて歩きだす。明日太郎もついてきて、店内に流れるなつかしいポップスのメロディーに合わせて口ずさんでいる。

みほが会計を終えると、ふたりで買物するときはいつもそうするように、明日太郎は「もとうか」と手をさしのべてくる。「軽いから」と、みほは首をふる。ふたりはパステルカラーの床をならんで歩き、店を出る。

「いいのかな」

心の中でつぶやくつもりが、どろりと声に出してしまっていた。

「あにが」と、明日太郎。

「ああ」みほは顔を両手でしゃしゃしゃしゃっとこすり、「ウー、どうしたらいいんだ」

「だからなにがさ」

「解散！　ここで解散。じゃあ、そういうことで！」

明日太郎はめがねの奥の目をぱちぱちさせる。

「ちょっと、ちょっとみーくん」

「あっす、こんなとこ来てるひまあったら久美ちゃんと会ったらいいんだよ」

「は？」

じゃないと、こんな思いをしてふたりから距離をおいてる意味がないじゃない、といいたい。

みほはそのまま早歩きで逃げる。背後から明日太郎の「あ！　わかった！」という声がした。走って追いついてきた明日太郎が、眉をひそめて心配そうな顔でいう。

「みーくん生理か、そうだろ」

「関係ない」

みほは明日太郎の鼻梁《びりょう》をきつくつまむ。明日太郎は悲鳴をあげてよろける。

「つらいときは頼れってことだよー」

「あほ太郎、その優しさを」

わきめもふらず久美ちゃんに注ぎやがれ、と、いおうとしてみほはふり向いた。しかられた犬のような、まじめな、ちょっと情けない感じの表情で立っている明日太郎がいた。

「音村《おとむら》と、なんかあったのかよう」

明日太郎はみほを正面から見つめていう。「ふたりで、おれの知らないところでいろいろさ……。どうしていいかわからんよ」

誠実な明日太郎のまなざしに、こそこそと逃げまわるのがばからしくなってくる。

「話さない？」

明日太郎がすじ向かいにある公民館をさす。みほはうなずく。公民館のエントランスの自動販売機でオレンジブロックを二本買うと、ロビーのベンチにならんで腰をおろした。

公民館は空いていて、ロビーはがらんとしていた。ときおり職員と住民の会話が聞こえるほかは空調の音がしずかに響くばかり。

「涼しい」

明日太郎はそういってブロックにストローをさし、きゅう、と吸う。

「うん」

みほもブロックにストローをさす。

「あっさりいっちゃうと、久美ちゃんにあすたろと会わないでほしいっていわれてたのさ」

「そんなこともあるかなと、考えはした」

「考えたんだ」

「音村はいかにもそういうこといいそうだしなあ」

「そう感じる?」

「おれのこと、すきでいてくれてるんだなとは感じるけど。やきもち焼きだよね」

「いうねえ」

みほはひじで明日太郎をこづく。ゆるみかけた顔を必死にもどそうとして、うまくいかない明日太郎は、めがねをはずしてポケットから出したクリーナーの布で拭いた。

その横顔を見て、みほははっとする。

「………」

「なに?」明日太郎がちらりと見る。

「いや、なんでも」

あれ? この人。あれっ?

この人こんな顔だったっけ? もっともっさり&ボーッとしてなかった? いつのまにこんなにきりっとした眉になって、いつのまにこんなにしっかり鼻筋通っちゃってたの? 小学生のころ「くちびるプリ太郎」ってからかってた荒れ知らずのぷりっとした唇も、いまはすごくいい感じに見える。二重の目も優しそうなだけじゃない。あたしとちがってビューラーしがいのある濃いまつげ。それにいつからそののどぼとけ、そんなに主張してた⁉　ていうか、パーツがどうとかいうんじゃなくて、なんか全体からもっと、なにかがただよってくる気がする！　つまり――。

こいつけっこう、可愛いしかっこよくないか？

鋭や堀子がいってたのってこれか、と、いままでとはちがって見える幼なじみを眺めていると、ふいに横顔が口をひらく。

「みーくんが……」

「へ？」

「みーくんみたいのが女子だと思ってたらさ」

「思ってたの⁈」

「あ、思ってなかった。いや、でもやっぱりみーくんは女子だよ」

「どっちだ」

「とにかく、おれみーくんくらいしか女子の記憶のサンプルないじゃない。ずいぶんちがうんだよ。音村は、思考回路が」

「久美ちゃんはまあ、女子の中でも女っぽいほうだね。いい匂いするしね。あたしとちがって」

ふふん、と明日太郎は肯定とも否定ともつかない声を出して、またブロックからジュースをひと口飲む。

「バージンパンケーキで、陽炎子さんていう常連さんと仲よくなってね。あたしたちのこと話したんだけど。久美ちゃんはあたしがあすたろの友だちでも心配、なんじゃなくて、友だちだからこそ心配して嫉妬してるんだっていったよ」

「んー」

明日太郎はわかったような、わからないような表情をする。

「自分はあすたろの彼女にはなれても友だちにはなれないって、それがつらいんじゃないかって」

フィンフォンファンフォーン、と、まろやかな音色が高い天井に鳴り渡り、小学生は帰宅する時間になりました、という放送が流れた。しばらくして、色とりどりのランドセルを背負った子どもたちが階段をおりてきた。リコーダーを鳴らして職員にしかられたり、手もとのゲームに夢中で、きゅうに立ちどまった前の子の背中にぶつかったりしてさわぎながら、みほと明日太郎の前を通って、にぎやかに外へ出ていく。

「あたしたちもあんなころがあったんだよ」みほはしみじみとつぶやき、自分のせりふにおどろいた。「わ、ばばあくさいこといった」

「おれはついさいきんまであんな感じの気分でいたよ」

明日太郎は帰っていく小学生たちの後ろすがたを見やり、

「音村とつきあうようになって、みーくんと会うのが減って、なんだか世界が変わってしまった」

「うん」

「友だちって立場に嫉妬するってわかる気がするね。だって楽しかったじゃない、ずっと。男とか女とか関係なく、なんていうか、人として」

そこまでいって、明日太郎はみほを見つめ、

「人として、まるごとみーくんをすきだったんだなと」

「うん」

「音村は女の子としては美人だしいいなあと思うけど、人間としてまるごとすきかはわからない。だからね、単純に考えたら、おれはみーくんのほうがすきなんじゃないかと」

久美が聞いたらどんなにか嫉妬するだろう、と、みほは背筋が寒くなるのと同時に、明日太郎からこの言葉をもらうのはとうぜんのことという気もする。

「みーくんへの信頼感というか、この人のことはなにがあっても受け入れられるし、みーくんもおれのこと受け入れてくれるだろうなあっていう感じは、ほかの人に感じたことはまだないよ」

「家族みたい」

「家族……そうね、家族というか」

「ちがうの」

「こんなことあたりまえすぎて、言葉で表現する必要あると思わなかったからね――どういったらいちばん正確か」

みほはだまって明日太郎の言葉を待っている。

「家族とのちがいは、日常の中でみーくんのこと考えてる割合がおおいことかな。親や未来彦《みきひこ》のことなんてほとんど考えないけど」

「あたしのなにを考えてる」

「なんだろ、気がつくと自然に……いまなにしてっかなとか、このテレビ観《み》てるかなとか。もう寝たかなとか」

「久美ちゃんのことは？」

「考えるよ」

「どんな」

「聞くなよ」

「どうして」

「そこは聞かないでしょ」

へーえ、へーえ、子どもだこどもだと思ってた明日太郎がね。みほはベンチの背もたれに体をあずけ、胸をそらせた。天井の水銀灯がじわじわとうるんでいる。

明日太郎は飲み終えたブロックをくしゃっと握った。

「あす」

「…………」

「ねえ、あす」

「うん」

「久美ちゃんともうキスした？」

「また、もう」

「したんだ？　したね？」

明日太郎はみほに背中を向けぎみに、無言でうなずいた。

「うわー、したー、したよー！　この人！」

「ちょっと、なんなの」

「それって、よいもの？」

「なにいってんの」

「本気で。だってあたし、一生そういうのしないかもしれないから」

「一生ないってこたないでしょ」

明日太郎はふんと鼻を鳴らす。みほは首を横にふる。

「あたしだって、あすたろがあたしをすきだと思ってくれてるのに負けないくらい、あすたろがすきだよ」

「うん」

明日太郎は力づよくうなずく。とうぜんわかっている、と。

「でも、そういうことにならないね、あたしらは」

窓の外は青とオレンジのまじった夕闇がひろがり、電気の明るさがきわだってゆく。みほと明日太郎はロビーの壁に貼られた、小学生たちが描いた夏休み標語ポスターをぼんやりと眺めていた。

＊

メニューのクロス張りの表紙を、洗剤を吹きつけてみがく。

まぶのパンケーキ店でバイトをはじめて、こうした店は無数のこまごました仕事で成り立っていることをみほは知った。客としてのんびり座っているだけでは決してわからない裏側のこと。みほは一日の仕事をメモをとりながら覚えていった。そして至福のまかないタイム。

カウンターでフライド・グリーントマトのサワークリーム添えパンケーキを食べてい

ると、カウンターの向かいのテーブル席に、常連の丑松《うしまつ》さんが写真集をひろげているのに気づいた。丑松さんは近くに住む白髪頭の男性で、公民館で見かけてみほも顔は知っていた人である。市民サロンという憩いのスペースを愛用しているシニアのひとりだ。

丑松さんは写真が趣味で、みほもまぶと一緒にカウンターに入っているところを撮ってもらったことがある。

「空の写真集ですか」

みほは丑松さんのからっぽのグラスに、水さしをもっていく。片手に盆をもったまま立ちどまり、扇風機のリモコンを押すと「バチン！」と大きな音をたてて年代もののプロペラが回りだした。

「雲の写真集だよ」

「あ、これきれー」

「ありがとう。撮ったの僕なの」

「丑松さんの写真集なんですか」

「この一年撮りためたのを本にしたんだ。一冊から作ってくれるサービスがあるんだよ」

「へえー、すってき」

空の皿をさげてテーブルを拭き、みほは丑松さんのとなりに座り、写真集をあらためて一ページめからひろげる。

「わあ……」

思わず声をもらす。

さいしょのページは都内の高層ビル群と、その上空をすいすいと流れるたくさんの軽やかな雲。

つぎのページは、絹のようなうっすらとしたすじ雲、そのしたにボリュームのある灰色の雲のかたまりがごんごんと押し寄せてきていて、ふたつの層の中ほどを飛行機雲がすがすがしくつらぬいている空だった。

さらにつぎのページは一面に、ピシピシと雷鳴が聞こえてきそうな、稲光を含んだ黒雲。うねうねと墨絵のように明度のことなる雲がうごめいている。はるか下界で、背の高いビルたちも身を寄せあって震えているかのようだ。

「すごい……」

みほは、まんまるめがねを鼻にのせた丑松さんを見あげ、「こういう写真、いったいどんなカメラで撮るんですか」

「これだよ」

丑松さんはテーブルにおいてある、革ベルトのついた小さなデジタルカメラをさした。手のひらにちょこんとのるほどの銀色のカメラ。

「こんなにちっちゃいので？　おもちゃみたい」

「カメラはほんとに小さくなったよね」

「雲がすきなんですね」

「雲がすきだし、くもり空もね」

だから丑松さんは、この店にたどりつけたのかなあ、と、みほは思う。

「雲見てるとねー、空の端と端にあったはずの雲がさ、いつのまにか形も変わってひとかたまりになって流れてったり、うえのほうに見えてたキラキラした雲が、したのほうでもっと速く動く戦車みたいな雲にみるみる隠されちゃったり、けっこうダイナミックなのよ」

「たしかに丑松さんの写真だと、雲って、なんていうか高いエネルギーがうず巻いてるみたいに見えます」

「いいところに気がついたね！　僕そのカオスなエネルギーがすきなの。僕の中にもあるのよ、そんな力が。こんなおじいちゃんのどこにって思うかもしれないけど」

「そんなこと思わないですよ」

「みほちゃんいい子だなー、さすがまぶさんの見こんだ子だな」

顔をしわくちゃにして笑って、子どもみたいな表情をする。くもり空撮影のあとでバージンパンケーキでお茶するのが、丑松さんのお気に入りのコースらしかった。

店にはいろんなひとが来る。

こんなに見つかりにくい店なのに、というかそういう店だけあって、入ってくる人はなにかしら必然性があるようにみほは感じる。自分も含めて。

店主のまぶはあまりしゃべらない。みほに仕事を教えるのも短い言葉で、むだ話はほとんどない。過去をいろいろ聞いてみたいと思うけど、お店をはじめたきっかけや家族のことをたずねると、きまって雨が降りだしたりする。たぶん、まぶのほうから話したいと思ってくれなければ、聞くことはないんだろうとみほは感じていた。

入口のベルが鳴る人、鳴らない人。みほはベルが鳴るたびに入口に目をみはった。あきらかに年上の女性や子連れの女性が鳴ってもなんとも思わないが、同年代っぽく見える少女たちにベルが鳴るとふしぎな感じがする。

処女じゃなくなるってどんな気持ちなんだろう。だって、セックスってすごく変なことするじゃないか……。とても正気の沙汰と思えない。しないのがふつうだと思う。でも久美ちゃんはきっともう処女ではなくて、鋭もたぶん。

「まぶさん」

配達されたての夕刊に目を通しているまぶに、みほは声をかけた。まぶはおだやかにみほを見つめかえす。

「まぶさん、処女ってなんでしょう」

「個性かなあ」

と、即答してまぶは、新聞に視線をもどした。

個性。個性。個性。個性。

「じゃあ、処女じゃないのは」

こんどはまぶは顔もあげぬままいう。「個性かなあ」

一面の中ほどには連載小説があって、まぶがそれを欠かさず読んでいることにみほは気づいていた。ポーカーフェイスなので外からわかりにくいが、この女店主はけっこう集中して読んでいて、そのあいだは話しかけてもうわの空だ。ああ、けっこうだいじな質問だったのに小説読んでるとき聞いちゃった、と、みほは悔やんだ。

はあ、と、息をついてまぶは新聞をたたむ。まぶはいつも凝ったヘアスタイルをしていて、きょうは白髪の見えかくれする黒髪を頭の後ろできゅっとだんごに結い、サイドの髪は細い三つ編みにして、だんごにつる草のようにからませてピンでとめていた。これをひとりでやってるとしたら背中に目がついているよう——その横顔を見ていると、みほは、まぶという人は処女なのではないかという気がしてきた。

日が落ちると、店の外にあんどんを出す。壁の電源にコンセントをさすと、ジジジ……と小さな音をたててランタン型のあんどんが灯《とも》り、白熱灯色の光が青い路上にぽうっと浮かぶ。いつかの初夏に、明日太郎とお鷹《たか》の道でホタルを見たことを思い出した。

あすたろ、久美ちゃん。会いたいな。

明日太郎と公民館で話してから、まだなんとなくふたりとの距離をはかりかねているまに、夏休みに入っていた。

一学期の終わりごろには、久美はみほを気にしてかあまり明日太郎とのことを話さなかったが、明日太郎の聖地のひとつである演芸ホールデートには出かけたらしかった。仲間たちの会話から聞こえてきた、落語デートを語る久美は、いままでにないはにかんだようすだったらしい。あれはほんとの恋だよ、と。

みほは久美をうらやましく思っている自分に気づいた。これまで人をうらやむという経験をほとんどしてこなかったみほは、この感情をどう扱ったらいいのかわからない。もしかしたら男女のつきあいというのは楽しいものなのか。

鋭は大学生の恋人とけんかしたり仲直りしたりをドラマチックにくりかえしている。堀子はあいかわらず現実の男にはおかまいなしだが、男の体のあれこれを妄想するのは楽しくてしかたがないらしい。

みほのさいきんの変化を敏感に察知していたのは、いがいにもこづえかもしれなかった。話に参加しないみほをじっと見つめ、「みほって、きれいな顔してるね」と、いきなりいった。

みほがおどろいていると、堀子は「みっぽんなんか美人だよ、こづいまごろ気づいたん」といい放ち、「でもさいきんとみに色っぽくなったな」と、つけ足した。

「あたしがあ!?」

「ちがう、そういう、あごがはずれたギャグみたいな顔じゃなくって。このごろよくする憂えた表情」

「そういえばしてる」と、鋭。鋭が関心をもって自分を見ていたなんて。みほはまたおどろく。

「みほは、なんだろねー」

こづえはいつでも眠そうな目でみほの目をのぞきこみながら、「なんか、真ん中っぽい?」

「超然としてるよね。恋愛にたいして」

堀子はめがねの奥からするどい視線をぶつけてくる。「じつはちょっと、みほはあたしの研究対象だったりする」

そうそう、とこづえはそれを受けるように、

「このひと、ひとすきになったりするのかな、恋愛なんて必要ないんじゃないかなとか」

「みほは騎士道だよね」

横顔を向けたまま久美がとつぜんいった。パンケーキ店で、陽炎子たちの前でいったことのある「騎士道」という言葉が久美の口から出てきたことにみほはどきりとする。

「心は男前なんだよね。そこらの男よりずっと」

久美は胸の前のランチボックスを見おろして、いった。そこに騎士みほのハートをありありと見ているかのように。

＊

晴れている日は、行くところがない。

パンケーキ店の匂い、明日太郎宅の匂い、久美の制服の匂い。ベッドのうえでは泡のように想いがうつろう。暑い。みほはベッドサイドのテーブルに手を伸ばしたが、いつもおいてあるはずのエアコンのリモコンに触れない。起きてさがす気力もなくだらりと腕をおろした。

みほは夏用の薄い肌掛けにくるまって寝ていた。天井に向かって腕を伸ばし、手のひらをうらおもて眺める。

これ、あたしの手。ひとの体に触れてみたい。久美が明日太郎としていることを、自分も明日太郎としてみたい。

「あたしはおかしくなったのか」

声に出してみる。天井の細かな模様のパターンを見つめる。

「きっとおかしくなったんだな……」

みほは起きあがると、いつでもバイトに行けるようにエプロンと三角巾をセットしたバッグをつかんで家を出る。かがやく道に家なみの濃い影が落ちている。

近くのバス停から、行き先は選ばずにさいしょに来たのに乗ろうと決めたら、乗ったことのない路線のバスが来た。乗ってみる。

車内にはスイミングスクールの名前が入ったプールバッグを背負った子どもたちがたくさんいて、奇声をあげてはしゃいでいた。日陰になるほうの列に席を見つけて座る。景色を眺めているうちに、あくびが出てきた。

ここで、ちょっと寝て。目覚めたら、雲が出てますように。

くもれ、くもれ、くもれ、くもれ！

おかしなことを念じるようになったなあ。みほはまどろみながらほほえむ。それから、頭上の糸がぷつっと切れるような感覚がして、眠りに落ちた。

「つぎは稲荷《いなり》前、稲荷前」

アナウンスが耳に飛びこんできて、ハッと身を起こす。

日が落ちたのかと思うほど薄暗くなっていて、時間の感覚がくるう。あたしどれだけ寝たんだ？　時計を見ると十分もたっていない。空には嘘のようにたっぷりとした雲がたれこめていた。ラッキー！　文句なしのくもり空！　まぶさん！

この道に出るんだったのか、と、みほはバスを降りるやいなや、いつかの駄菓子屋の向かいの道を駆けぬける。家と家のあいだにひっそりとバージンパンケーキの店が見えると、まるでパズルのさいごのピースがはまって、カーンと空気が振動するよう。みほは小躍りする。

「こっんにっちはー」

店の入口を凱旋《がいせん》するような気分で通りぬけ、はりきって声を張ると、まぶがカウンターの中からうなずく。こんろには鍋があって、黄金色のガムシロップが煮えていた。

みほはバッグからエプロンと三角巾を取りだして、いそいそと身につけ、

「いつでもここに来られるように、用意して出かけてたんです」

「そう」

「きょうはくもる気がしたんですよねっ」

みほは各テーブルにメニューを立て、シュガーポット、ナプキン立てに中身を補充した。カウンターの端のおしぼりクーラーをひらき、しぼったハンドタオルをくるくる巻いて詰めていく。

店の仕事の数かずは、みほにはいまどんな遊びよりもおもしろい。まぶはカウンターの中にいても店のすみずみまでを自分の体のように把握していて、つねに各テーブルの状況を感じているようで、動作にも言葉にも無駄がない。「一番さんそろそろお水ね」と、まぶにいわれて水さしをもっていくと、まさに一番テーブルの客がグラスの水のさ

いごのひと口を飲み終えるところだったりして、みほは「まぶさん、できすぎ!」と、しびれてしまう。

みほもみほなりに店の全体を想い描き、いまはまぶがあっちにいるから自分はこっちでこれをやろうとか、まぶのやりかけの作業のつづきをやって終わらせようとか、店がなめらかに回るように考えて、それがうまくいくとうれしくてたまらない。

「仕事覚えるのはやいねえ、もう長年いるひとみたい」

陽炎子はみほの働きぶりに舌をまく。まぶをさし、

「このひとこんな感じだけど、ちゃんと教えてくれる? 説明不足で困ってない?」

「一を聞いて十を知るだよこの子は」

まぶは陽炎子の、わんこ式の一枚めを焼きながらいう。

陽炎子はテーブルのあいだをきびきび動くみほを眺めて、

「ふーん。みほちゃんなんだか明るくなったみたい。楽しそう」

みほはクルッとふりむいていう。

「もう学校よりおもしろくって!」

「二学期はじまっても、学校行く気なくなっちゃうかもね」

「二学期の話はしないでください」

みほは顔をしかめ、陽炎子のグラスに水を注《つ》ぎたす。「夏休みの、いっちばんだいじ

なイベントも終わってないんですから」

「いちばんだいじなイベントって？」

「あたしの誕生日！」

「まあおめでと。パーティーやるの？」

「いや、そういうのはべつになにも」みほは声のトーンをきゅうに落として、「母がベジタリアン手巻き寿司《ずし》やるとか、はりきってるけど」

「ベジタリアン手巻きって、具はなんなの」

「アボカドとか、アボカドとか、アボカドとか」

「あはは」

「梅ペーストとか、大根のなますとか、こんにゃくのきんぴらとか、青じそピーナッツ味噌《みそ》とか」

「食欲わかないなあ」

「あたしも。肉食べたいっす」

陽炎子はふっとひらめいたように「獅子座《ししざ》ね」

「あ、そうです」

「うちに、みほちゃんのところに行きたがってる石があるの、よかったらもらってくれる？」

「あたしのところに来たがってる石？　……まえから思ってたんですけど、陽炎子さんて何者なんですか」

「わたしって何者だろ？　まぶさん」

陽炎子はオレンジ色の更紗《さらさ》のショールに包んだふっくらした腕を組み、まぶを見あげる。

まぶは表情ひとつ変えずにいう。「魔女でしょ」

「魔女ッ!?」

みほは陽炎子を凝視する。陽炎子は笑って、「まぶさんこそ」

「まぶさんも魔女？」

「ほのかに、わたしの師匠に似てるんだよね」陽炎子はうなずきながらいう。

「あたしいま魔女ふたりに挟まれてるってことですか」

「陽炎子さんはこわい魔女じゃないよ。こわいこともできるらしいけど、やらない」

「ふだんは占いとか、石でアクセサリー作ったりね」

「陽炎子さん、ブレスレットとかピアス、いつも綺麗《きれい》なのつけてるなって思ってました」

「こういうのすき？　なにか作ってあげようか」

「え、いいんですか」

「みほちゃん、ピアス映えると思う。耳や首筋がきれいに出てるから」

「穴はないんです」

「じゃあイヤリング。こんどもってくるよ。お楽しみに」

「お待ちどお」

まぶが湯気をあげるパンケーキの皿をさしだす。

「ワオー！　この瞬間を待ってたわっ」

「陽炎子さんは一枚めはバターと、メイプルシロップですよね」

「そそ。生クリームは二枚めからね。さいごはフルーツ添えで」

「覚えました！」

「ありがと」

陽炎子は四角く切られたバターをフォークでさし、パンケーキにぬりひろげて、ぱくりとやる。まぶは二枚めのたねをフライパンに流す。

「みほちゃんて、バイトないときってなにしてんの？　わたし数えてたけど、八日連続で晴れてたじゃない」

みほはうーんとうなって天井を向き、しばらく考えていう。

「むらむらしていました」

水を噴きそうになって陽炎子はむせる。

「あ、あれ。へんなこといいました？」

「可愛い顔していうなあ」陽炎子はひいひい笑いながら、「ここに来たくてむらむらしてたの?」

「それもありますし」

「えっ。ほかにあるの」

「体……体動かさないとだめだなって、わかりました。ここで働くようになって」

みほは唇をかんでいう。

「ひまだとよけいなことばっか考えちゃって。体がくたくたになればすぐに眠れるのに」

「よけいなことって」

「友だちのこととか……べつの友だちのこととか……」

「明日太郎くんと久美ちゃんのことじゃん」

「ま、そうです」みほはぺろっと舌を出した。「わかりやすいですね」

そのとき、カランとベルが鳴り、三人はさっと入口に目をやった。入ってきたのは久美と明日太郎で、白いワンピースの久美が麦わら帽子を胸にあて、みほに手をふっている。

「鳴りやしたー」陽炎子がささやく。まぶは二枚めのパンケーキを皿にすべりこませる。

「やっほう、みほ」

すこし硬い、久美の声。まぶたにはアイシャドウがきらきらしている。いつもより濃く長いまつげは震えているようだった。

「ひさしぶりにここ来てみたいっていったら岸が、みほがバイトしてるっていうから」

すこし日焼けしたらしい明日太郎は、久美の背後から、よう、と、小さく手をあげる。

「役者がそろったぞえー！　きひひ」

陽炎子が両手をパチンと鳴らす。「はしゃがない」と、まぶが制する。

「だーってだって少女マンガを地でいく展開じゃないよー、幼なじみと親友の三角関係」

うれしくてたまらぬように陽炎子は足をじたばたさせる。みほはだまって、レモン色とミントブルーのふたつのグラスに水をそそぎ、冷たいおしぼりを取りだす。まぶはみほのこわばった横顔にいう。

「ごめんね、このひとどろどろが好物でね」

「やだっ冗談だよ、みほちゃんが暗い顔になったから」

「三角じゃないす、だいじょうぶっす……」

セットした盆をもってみほは歩きだす。陽炎子は声を一段落としていう。

「あのふたりいかにもデート帰りでーすって感じだよねえ。見せつけに来たのかなァ」

まぶは腕を組み、「まだ食べる？　もう満腹？」

「あ、あと一枚、ちっちゃいの」

「はいよ」

まぶは三枚めのたねをフライパンへ流し、「不安なんだよね。久美ちゃんて子も」

「いっやー、美少女だよねえ」

陽炎子は感心しきったように首をふり、

「あんのアスタロト、美人ふたりに愛されるほどのたまかぁ？　フニャフニャしてそうな男子じゃん」

「アスタロト」

まぶはめずらしく、ぷっと噴きだす。

みほがふたりのテーブルに行ったまま、数分。一番テーブルはカウンターの内側からは死角になって見えない席だ。まぶはだまって陽炎子に背をむけ、有線のボリュームをわずかに右にひねる。

数秒ご、一番テーブルから水しぶきがあがるのが陽炎子から見えた。「わっ」と、明日太郎の声。

「みほちゃん?!」

陽炎子がスツールから飛び降りると、テーブルのわきに盆を抱えて立ち、顔から水をしたたらせているみほが見えた。そして久美が、青いグラスをにぎりしめて震えながら立っていた。

「みほちゃん！　だいじょうぶ!?」

陽炎子が近づくと、久美はさっとみほの横をすりぬけて店を出た。

「だいじょうぶです」

みほは三角巾で、ぬれた顔をわしゃわしゃと拭く。明日太郎もリュックからひっぱりだしたタオルでみほの肩や腕をぬぐう。

「だいじょうぶ。ジュースとかじゃないし」

「そう、み、水でよかったな」

明日太郎はひきつりながら笑う。

「タオル汗くさ」

「拭いてやってんのに」

「もういいや」みほは三角巾をエプロンのポケットに押しこむと、まぶの前まで来て頭をさげた。「すみません」

「あがっていいよ。そろそろ閉めようと思ってたし。雨になりそうでしょ」

まぶは入口を見やる。「降りださないうちに帰ったら」

みほはぺこんと、体が真ん中から折れるような大きなおじぎをし、エプロンを筒のまま脱いだ。バッグにぬれたものをつっこむと、まだぼうぜんとしている明日太郎にいう。

「あす子、帰るよ」

「あ、うん、あの」明日太郎はまぶと陽炎子をふりむいて頭をさげ、店を出たみほを追う。

「なにがあったんだろ」

そういって陽炎子は小ぶりなパンケーキをたたみ、ぱくっとかじりつく。まぶは答えず、だまって洗い物をはじめた。


「おーい、みーくんよ」

みほは無言でずんずん歩く。バス停前を通過する。こりゃ家まで歩くつもりだなと明日太郎は空をあおぐ。

「みーほくーん、歩くの速いって」

「あ、ごめ」

みほはいま気づいたというように、明日太郎に歩幅を合わせる。

「さっきいったの、どういう意味さ」明日太郎は息をととのえ、「三人でつきあおうって」

「言葉どおりの意味だけど」

みほは湿った前髪をかきあげる。

「明日太郎と久美ちゃんとあたしで、つきあったらいいと思ったんだよ。でも久美ちゃんはいやみたいだな」

「あたりまえだよ、ふざけてんだと思ったよきっと」

「ここんとこずっと考えて、出た結論なんだけどな……やっぱひまなときってろくなこと考えてないのかなあ」

「でもみーくんさ、なんで三人。みーくんとおれがつきあう、ならわかるけど、どうして音村もなの」

「だって、久美ちゃんはあすがすきだし、あすも久美ちゃんすきだよね。で、あたしはあすがすきで、あすもあたしをすきだ」

「ええと……」

「あたしは、あすたろがどんなにいい奴《やつ》かわかってる。あすのよさに気づいた女の子がすきになるのもあたりまえだと思う。あすをすきになった人が全員あすとつきあえたらいいと思わん？」

考え抜いた結論をいうみほは、すらすらと早口だった。明日太郎はなにかいいかけた口のまま宙を見つめる。

「こないだ、あすが久美ちゃんとキスしたってわかってさ、むしょうにうらやましくなったんだよね」

「ええぇ？」

「おもしろそうだなって」

「おもしろがるようなことかい」

「楽しそうに思えたんだもん」

みほは街灯のしたできらりと光る小石を蹴り、「ああ、男に興味をもたないと、こういうことずっとないんだなって。でもやってみたいじゃない。そしたら相手はあすだと思ったんだよね」

といってみほがふりむくと、遅れがちに歩いていた明日太郎はびくっとして立ちどまる。

「あたしのこれまでとこれからの人生を考えると、キスやらなんやらの相手は、あすたろなのがいちばん自然だと思ったんだ」

自分のいうこと、おかしいだろうか？　というようにみほは首をかしげる。

「いちおう、三人でつきあおうっていう手前、あたしと久美ちゃんがするところも想像したんだけど」

「おかしなことというね――ほんとおかしなこと考えるね、みーくんは……」

「おかしいのかね。まあいいや。バス停からけっこう来てる……つぎまで歩こ」

みほはため息をついて歩きだす。「あ、雨だ」

ぽつぽつと雨が、夜の空から落ちてくる。

みほは反射てきに、まぶさん店を閉めたなあと思う。

いま降りはじめたばかりの気がしたのに、ふたりを追い越していった車のライトに照らされた雨は、すでに本降りといえるさまになっていて、みほははっとする。明かりの中の雨は、いつも大げさだ。

3. リトフェットとロイリチカ

紙ナプキン五百枚入りの束から、一枚ずつ取りだしてはチューリップ形に折っていく。二、三十枚折ったら、銀色のナプキン立てにさす。みほはこのごろ、すみれたばこを買いに行くまぶに店番を任されるようになった。

ふと思い立ち、ＢＧＭを変えてみようとチューナーのつまみを回してみる。しかしいくら回しても、どこをどういじってみてもなつかしの歌謡曲から変わらない。やっぱり壊れているのか。まぶの話だと、その日のはじまりにチューナーをオンにしたときチャンネルがランダムに決まるらしく、でもまぶのすきな曲ばかりなので「わたしの好みを察していて、不具合じゃない」から修理や交換はしないのだといった。みほも古い歌を覚えてしまって、家で口ずさんだりして親におどろかれる。

「おまえ、まぶさんのいうことしか聞かないんだな」

みほはチューナーに向かってつぶやく。

単純作業は頭が真っ白になって気持ちいい。気持ちよさでいえば運動会の応援のポンポンを作る、スズランテープをひたすら細かく裂いていく作業にかなうものはないけれど。みほはふんふんと鼻歌しつつ、体を前後に揺らしてナプキンを折りつづける。

人の気配がしてハッと体を起こすと、店の中ほどにふたりの外国人の女の子が立っていた。ひとりは小柄でみほとおない年くらい、もうひとりは背が高くて大人っぽく、大学生くらいに見える。

「わっ、いらっしゃいませ」

みほはあわててカウンターに散らばった紙ナプキンのチューリップをかき集める。

ふたりはTシャツにジーンズ、スニーカーという格好にバックパックを背負っていた。そろって肌の色が真っ白で、皮膚というより乳白色のガラスのようだ。薄いグリーンの瞳で店内をめずらしそうに見まわしている。輝くような存在感で、宇宙人みたい、と、みほは思った。

「ハロー、ええと、なんてーの？　ユー・ウォント・パンケイクス、オケィ？」

背の高いほうの少女は、にこっとコンパクトな笑みを浮かべていう。「ありがとう、オーケーです」

「あ、わかるんだ」

「はいわかります。座っていいですか」

「どうぞ、どうぞ」

みほはグラスの中から彼女らのイメージにあいそうなカラーを選ぶ。バックパック少女たちはメニューをひらいて、なにやらささやきあってはしずかに笑っていた。すこし離れて聞くその声は、耳の奥がまぶしくなるような響きがあった。

「旅行ですか」

みほはふたりに水をさしだしながら聞く。

「ええ」背の低いほうが答える。「コクブンジ・シティに来たくて」

「えっ。なにか、めずらしいものありますか?」

みほは生まれも育ちも国分寺で、近隣とくらべて、とくにこれという個性がある街だとも感じていなかった。なのに、わざわざやってくる外国人がいるなんて?

「ここは、大きな国分寺ですから」

と、小柄なほうがひかえめにいう。

大きな? みほがとまどっていると相棒が補足するように、

「日本の国分寺跡をめぐって旅をしています」

「歴史のお勉強ですか」

長身の少女は白っぽい金色の髪を耳にかけてさらりという。「というか、その時代の仏像彫刻ですね」

「はあ」

「さらにいえば、その彫刻家たちについて」

「すごい。マニアなんですね」

外国人ふたりはほほえむ。

「どこの国からいらしたんですか」

「アイス」ふたりは見つめあって、いう。「ランド」

「アイスランド、知ってる。火山の国ですね」

「日本もでしょう」

「火山つながり」みほはほほえみ、「店主もうすぐもどりますんで、そしたらオーダーお受けしますね」

「あなたはパンケーキ、作らないの？」

みほが席を去ろうとすると、小さいほうの少女が問いかけた。

「あたしはバイトで、焼くのはできないんです」

「座って」

と、少女は好奇心いっぱいの目でみほを見あげながら、となりのいすに移る。みほは盆を胸に抱えて座る。

「あなた、なんていうの？　わたしはロイリチカ」

「みほ」

「みほ。みほ」ロイリチカは目をとじて、頭の奥深くで味わうようにつぶやき、「かわいい名前」

「ありがとう」

みほは年長の少女に向きなおって聞く。「あなたは」

「リトフェット」

「リトフェット、と、ロイリチカね」

裏口で物音がした。

「あ、帰ってきたみたい。やっとパンケーキが食べられるよ」

みほが席を立つと、ふたりはまたきらきらとさざなみのような笑い声を立ててメニューを読みはじめた。

「外国のお客さん、はじめてでした」

「めずらしいね」

みほがさげた食器をまぶはシンクに沈めていく。バックパック少女たちはフルーツトマトとバジルのクリームチーズ・バイオレンスヨット、パイナップルムースと栗《くり》きんとんのブルックリン・アイスリンクを時間をかけて味わっていた。ほんとうにこれがパンケーキの名前ですか？　とメニューをさしてうれしそうにたずねながら。分厚いメニューにはまぶの創作パンケーキのレパートリーが無数に載っている。数を聞いたら、「三百くらい？　数えてないけど」と答えた。載せていないものを含めると千は軽く超えるという。

まぶのパンケーキにはひとつひとつ背景や物語があるのだった。客に請われて思い出しながら話をすることもあるけど、みほには、完全にまぶがいま考えた即興《そっきょう》の物語だろうと思えるときもあった。

「どこの国の人だったんだろう」と、まぶ。

「アイスランドっていってました」と、みほ。

「全国の国分寺をまわってるって？」

「マニアみたいです。仏像ハンカチとか、キーホルダーもってました」

「へえ」

リトフェットとロイリチカは翌日の午後ふたたび現れた。光のように薄いシャツにひざでカットしたジーンズの軽装を、カウンターから陽炎子もまぶしそうに見つめる。

「みーほう！」

ずっとまえからの親友のように、ロイリチカはみほを抱きしめる。みほもキャッと声をあげて応じる。

「もう会えないと思ってた！　この街にしばらくいるの？」

「駅の近くのゲストハウスに泊まっています」と、リトフェット。みほはふたりを、カウンター向かいのテーブルに案内する。ここならまぶとも陽炎子とも話ができる。

「ハロー、ナイスチューミーチュー！」

陽炎子がターコイズブルーのワンピースの腕をさしだすと、ぷくぷくとした両手をリトフェットが握りかえす。

「リトフェットです。こちらはロイリチカ」

「わたし陽炎子」

「カゲローコさん」

「意味はね、ヒート・ヘイズ・チャイルド！」

「オオ、すてき」

「いまあなたたちのことを聞いてたとこ。きのうとっても可愛い旅人が来たって」

陽炎子はうっとりとふたりを眺める。「曇天《どんてん》の天使たち、降臨って感じ」

「きょうはなんにします？」と、まぶ。

リトフェットはメニューをひらくことなく、覚えていた名をいう。「きのうから気になってたのを頼みます。テンプル・ライト・ライト・フォレスト」

「プライベート・プラネット」ロイリチカも夢見るようにいう。

そしてふたりは声をそろえて、「梅シロップソーダ割りのセットで」

まぶはうなずいて、小麦粉の入った年代物のほうろう容器のふたをあける。ボウルに卵を割り入れる。少女たちはカウンターにやってきてその手もとをのぞきこむ。

「テンプル・ライト・ライト・フォレスト、寺院とパンケーキの取りあわせ。どういう由来ですか」

「わたしが夢の中でよく行く森と、そこにある寺院のイメージ。明るい森で、木がそんなに密に生えてるわけではなくて、どちらかというと林って感じかな。風通しがよくて、光も下生えまでとどく」

ほうほう、と少女たちはまぶの話にひきこまれる。まぶは手を休めることなく語る。

「そこにはアジア風の小さな寺院があって、若い尼《あま》と孤児たちが住んでいる」

まぶはココナッツミルクの缶をあけ、固まっている中身を軽くスプーンで混ぜ、計量カップにそそぐ。

「これは彼女が子どもたちに作ってあげるパンケーキ。ジャスミンのジュレとピスタチオは、春に寺院のまわりに降る花のこと。そしてドライマンゴーのヨーグルト漬け。これは夢の中で尼さんに教えてもらったの。漬けておくだけ。かんたんでおいしいよ」

「夢の中で、デザートの作りかたを教えてもらうなんて……」

みほは信じられないという顔でうなる。

まぶはいう。

「夢の中でよく行く町や場所ってない？　心の変化に合わせるかのように、町も育っていく」

「そんな町があったら、あれ、いま夢だっけ、現実だっけってわからなくなりそう」

「そう、どこにもどるか迷うときあるよ。上空から家の門とポストを見つけて、あ、うちだ、あそこにもどるんだって。たまにある」

「もし見つけられなくて、べつの夢に落っこちちゃったら……」いいながら、みほはぞくりとする。

「こっちの世界では行方不明、かもね」

「やだまぶさん、こわい」

「よくわかります」と、リトフェットがいう。「旅のあいだはとくに。いま日本にいるこのわたしは夢で、ほんとうのわたしは自分の家にいて仕事をしているような錯覚をします」

陽炎子が聞く。「リトフェット働いてるの。なんの仕事」

「学校をやっているの」

「塾みたいなもの？」

「子どもたちは、いつでもすきなときにわたしのところにきて、学びたいことに取り組みます。絵、音楽、言葉、体操やダンス。数学や歴史、動物や植物の育てかた、先人たちの知恵。自然の中で生きるために必要なさまざまの技術」

「自由そう。おもしろそう。そんな学校あるんだ」

陽炎子は感心したようにつぶやく。

「このロイも、若いけれど優秀な教師です」

「えっ、なに教えてるの」と、みほ。

「わたしに教えられることならなんでも。おもなものはダンスと、歴史と、地面に石をならべるアート」

いつでもうるんでいるように見える瞳を伏せ、ロイリチカはひかえめな声でいう。そうなんだあとみほはため息をつく。同年代らしきロイリチカが、きゅうにしっかりした大人に見えてくる。

「ねえ、プライベート・プラネットはどういうお話があるの」

ロイリチカはねだるようにまぶを見あげていった。

プライベート・プラネットは半球形のパンケーキで、焼きあがったパンケーキを小さめのボウルに敷いて、内側に中身を詰めていくドームケーキの要領で作る。こんもりとしたパンケーキを切るとミントのババロア、ラズベリーゼリー、スポンジケーキ、カスタードムースの層になっていた。

「これはあなたの星。あなたの想いがこの地層を作ってきたの」

小さな歓喜の声をあげ、ロイリチカは両手をぎゅっと組みあわせる。

「こんな美しい食べものがあるなんて。これがわたしの星?」

「うん、わたしから見たあなたのイメージ」

「まぶさんて人を見抜くっていうのかな、はじめて会ったお客さんのイメージでプラネットのパンケーキ作るけど、本人もドキッとするくらいその人の本質を当ててるんだよ」

「ほめすぎ」

「わたしとまぶさん、方法はちがうけどおんなじことやってるなって思う」

「ふたりとも、魔女ですもんね」

みほがいうと、陽炎子はニカッと犬歯を見せて笑った。

「ミントのババロアの中に、なにか入ってるみたい」

ロイリチカは彼女の星を切り分けながらいう。

「グミやらチョコチップやら埋もれてるでしょう」

とまぶ。

「あ、化石が!　マンモスかしら」

ロイリチカのフォークの先には、骨の形のレモングミ。

リトフェットはつぶやく。「食べものは、かつて生きていたもの。わたしたちはだれかの思い出を食べているのね」

「ほかにはどんなプラネットがあるの」

と、ロイリチカ。

「大納言チーズケーキやチョコレートブラウニーでずっしりした星を作ったこともあるねえ。ピーチゼリーやメロンのスライス、ホワイトチョコレートのムースで徹底てきにフワフワにしたことも」

「木星みたいな、ガスの星のイメージ？」

「そんな感じのお客さんだったから」

「あれ？　それ、わたしに作ってくれたやつじゃない？　フワフワっての」

頬づえをついて話を聞いていた陽炎子が、がばっと身を起こす。

「そうだったかな」

「そーだよ、なんかすっごいフワフワでトロトロで、口の中でシューッて溶けてあっというまに食べ終わった記憶だもん。そっか、木星なのか、わたし」

「創造主ね」リトフェットは尊敬のまなざしでまぶを見つめる。「わたしだったら、どんなプラネットになりますか」

そうね、とまぶは一段低いカウンターの中からリトフェットを見あげていう。

「まず、黒ごまプリンと黒糖パイ……」

「黒ごまのお菓子すきです。黒ごまジェラート、色が仏像っぽいですね」

「みほちゃんみたいなことというね」

「黒ごまプリン、あたしも地蔵っぽいと思ってた」

「あと抹茶ものははずせないね。クリームか、スポンジか……底はバナナケーキかな」

「バナナケーキ、なんかいがい！」と、みほ。

まぶは笑う。「そう、リトフェットはいがいとバナナケーキ、ラムがガツンと効いたやつ」

ふたりは食べ終えたあとも、去りがたそうにメニューを眺めていた。

すべての由来を聞いていたらこの夏が終わってしまいそう。みほはそんな彼女たちをカウンターから見つめていた。


真夜中、みほの生徒手帳にロイリチカからのメッセージがとどいた。

「こんどの日曜日、高尾山《たかおさん》に登ります。みほも来ませんか？　わたしたちのために来てくださるとうれしいです。山菜そばをごちそうします」

みほは寝ぼけた頭で、手帳の画面の光に目を細めながら返信する。「いくます」

高尾山なんて、中学のときの遠足いらい。

明日太郎が帰りの電車で鼻血出したんだっけ、と、思い出し笑いして、

（ああ、ふたりは誘えないんだな……）
と、ぼんやり思う。三人でつきあおうといって水をかけられてから、久美からいっさい連絡がなくなった。
ふたりを誘えたら楽しいだろうな。いまはむりだけど、きっとそのうちできるはず
――ロイリチカたちを久美たちに、久美たちをロイリチカたちに紹介するところを想い描くと、なんだか得意で、みほはうっとりと笑みを浮かべてふたたび眠りに落ちていく。

日曜の朝、部屋の蒸し暑さでみほは目覚めた。ベッドのうえにのろのろと起きあがり、あぐらをかいて枕もとに常備しているペットボトルの水を飲む。そこでようやく生徒手帳の目覚ましが鳴った。

「さてとよ」

ベッドを降りると、昨夜のうちに用意しておいたリュックが床に鎮座している。タオルは二枚。一枚は顔を拭く用、もう一枚は背中用。シャツと背中のすきまにタオルをひろげて挟み、そのまま山に登るつもりだ。頂上で汗だくになったところで勢いよくこのタオルを引き抜くと、背中に涼しい空気がすべりこんでどんなにか気持ちがいいだろう。その瞬間のことを想像すると、いまから達成感と快感とで恍惚《こうこつ》となる。

みほがかぜで熱を出したりするたびに、母は背中と下着のあいだにタオルを敷き、う

えからパジャマを着せてくれた。熱がさがって体が楽になったころ、汗を含んでじっとりと湿った背中のタオルを抜き取ると、その爽やかさは歓声をあげてしまうほどで、病が完全に体から去ったことを実感するのだった。みほはそのごも運動会や遠足など、汗をかきそうな学校行事のたびに「背中タオル」していた。女子のなかにはおもしろがってまねる子たちもいた。

駅の改札で、リトフェットとロイリチカと落ちあう。ふたりとも目立っていた。とくに長身でグラマーなリトフェットに人びとの視線が吸い寄せられている。ロイリチカはリトフェットの肩くらいまでしか身長がなく、ふたりが向きあうとロイリチカの顔の前にはリトフェットのたふたふとしたバストがある。みほにはリトフェットの厚い胸はロイリチカを護るためのもののように感じられた。ロイリチカはきゃしゃでか弱そうで、お姫さまみたいだ。

「おはようみほ」と、ロイリチカ。

「おはようふたり」と、みほ。

三人で抱きあう。

柔らかくもしっかりと腕をまわしあう感触に、パンケーキを三等分したようなイメージが浮かび、みほは笑う。

みほのくすくす笑いに気づいたロイリチカも、つられたように微笑する。

「なあに？　みほ」

「なんでもない」

山のような包容力で、リトフェットがみほとロイリチカの頭上からいう。「晴れてよかったですね」

山へ向かう早朝の電車は、座席が埋まるていどには混んでいた。高尾ゆきの乗客はかっこうでわかる。カラフルなアウトドア・ウェアに身を包んだ高齢者のグループは声も大きくて元気で、若者に席を譲られそうになると、プライドがあるのか拒んで座らなかったりする。

みほたち三人はならんでシートに腰かけ、ロイリチカが駅の売店で買ったチョコレートスナックをみんなでつまむ。ミシン目の入った紙のパッケージを、ロイリチカは宝箱か大切なオルゴールでも扱うようにうやうやしくひらく。ただのお菓子を。みほは心惹《ひ》かれるのを感じながらロイリチカを見つめた。

「おいしいね」

ロイリチカはお菓子をひとつ口に入れ、パッケージをためつすがめつ読む。「た、け、の、こ、の、くに」

「日本のお菓子はほんとうにおいしい。形もパッケージもいい」と、リトフェット。

「コンビニ、大すき！」

と、ロイリチカは満面の笑みでいう。「毎日行っても飽きないの」

「うちの店に来ない日は、ふたりどんなことしてるの」

「図書館に行ったり、遺跡ツアーに行ったり」

「あと、コンビニめぐり！　うふふ」

「じつは高尾山は二度めです」

「え、そうなんだ」

「夜に来て、ビアガーデンでビールしました」

「天狗《てんぐ》キーホルダー」

ロイリチカはリュックについたキーホルダーの束を見せてくれる。仏像、天狗、十二支の獣たち、五重塔やお札のミニチュアのたぐい——その数は、はじめて店に来たときよりもあきらかに増えていた。

電車を乗りかえ、登山口に向かう。リトフェットとロイリチカは見るものすべてめずらしいようで、看板やベンチを撮ったり、販売機でなにか買ってみたりしている。バージンパンケーキのお客さんとして知りあった人と、店のそとで遊ぶなんて、みほにははじめてのことだった。しかも外国の子だ。彼女らと一緒にいると体の中を清らかな滝が流れるような、心のもやもやが洗い流されてゆくような感じがする。

高尾山口はハイカーでいっぱいだった。三人はベンチで準備を始める。みほはリュックからタオルを二本出し、一本を首に巻き、一本をロイリチカに渡していう。

「これ背中に入れてくれる？　肩のほうまでひろげて」

「なあに？」

「おまじない」

「わたしもやりたい」

ふたりはおたがいの背中にタオルを入れあう。リトフェットはそのさまを写真に撮る。

リトフェットは地図をさし、きっぱりという。「滝のあるコース」

「どのコースにする？」

「滝いいね、よっしゃ」

みほはリュックのベルトをお腹の前でパチリととめる。

三人は高齢ハイカーたちと抜きつ抜かれつしながら、山道を登ってゆく。明日太郎によればみほは典型てきな運動不足の「こんにゃく足」なのだという。ふたりがすごく飛ばす人たちだったらどうしようと危ぶんでいたが、木のうろの中に天狗のマスコットをおいて撮影したり、お菓子をまわしながら歩いたり、リトフェットもロイリチカものんびりとしたものだった。

それでも頂上が近づいて橋を渡るころには、みほは首のタオルで顔を流れる汗を拭きながら、はあはあと口呼吸になっていた。

「ね、ね、ふたりさ」

みほは登りながら考えていたことをいってみる。

「来週は多摩川《たまがわ》に行かない？」

「ああ、電車から見ましたね」

「どう？　お弁当もって。バーベキューでもいいけど」

ロイリチカはちょっと困ったような笑顔になる。「わたしたち、明日からつぎの街に行きます」

「えっ」

「ごめんね」

みほはううんと首を横にふりながら、思いがけない胸の痛みにおどろいていた。自覚していたよりも、ふたりをすきになっていたようだった。

「もっといるのかと思いこんでた。友だちに紹介したかったよ」

「ありがとう、しばらくはまだ日本にいるよ」

「旅のようすとか、どこかで見られる？」

リトフェットとロイリチカは顔を見あわせ、首を横にふる。

「ううん……とくにそういうのはなくて」

「メールくれる？」

「はい、画像送ります」

「待ってる」みほは息を切らせていう。「いつかあたしもロイリチカたちの国に行きたいな」

滝のコースは木立の奥に沢を眺めて登る美しい道で、みほは目の前で揺れるリトフェットのジーパンのお尻や、その先にちらちらするロイリチカのスニーカーを見あげながら、はじめてふたりがバージンパンケーキに入ってきたとき、二匹のモンシロチョウが迷いこんできたみたいだと見とれたことを思い出した。旅人たちは薄暗い店内で、淡い光を放っているようだった。

そうかと思えば、背中にタオルを入れられてうれしそうに笑っているロイリチカは、子どもっぽくて小かぶの精みたいとも思う。小かぶの精とは、小学校の学芸会で「大きなかぶ」のお芝居をしたとき、役の数が足りなくて先生が創作したその他大勢てきな役だった。みほも明日太郎も小かぶの精だった。白いセーターに白タイツ。ロイリチカみたいな可愛らしい小かぶだったら、主役を食ってしまうだろう。

モンシロチョウ、小かぶの精、天使、宇宙人。このふたりを見ていると、そのたたずまいや表情をいろいろなものにたとえたくなる。

「みほ！　頂上！」

ロイリチカの声がずいぶん先から聞こえて、はっと顔をあげる。考えごとをしながら歩いていて、いつしか引き離されていた。頂上の展望広場の販売機で、リトフェットはふもとよりずっと値段が高い缶ビールを買い、腰に手をあてて飲んでいた。朝の牛乳でも飲んでいるかのようなポーズにみほは笑ってしまう。

「みほ三着！」

ふらふらと歩いてくるみほを、両腕をひろげてロイリチカが出迎える。

みほは「はあ疲れた」と、両手をだらんとさせるふりをして、抱きついてきたロイリチカの背中のタオルを一気にしたへ引き抜いた。

「キャーアア!?」

ロイリチカはメロン色の瞳をまんまるにした。全身の毛が逆立っているのがみほにも伝わる、喜びの声だった。

「ヒャアーウ！　なに、これ！」

「気持ちいいでしょ」

「背中涼しい！」

「あたしもやって。勢いよくね」

ロイリチカがみほのタオルをシャッと引き抜く。みほもワアといって身をくねらせる。それをまたリトフェットはカメラに収める。

「忘れてた、タオルのこと！」と、ロイリチカ。

「大成功！」と、みほ。

帰りのコースはそば店のある道を通ることにした。

三人はベンチに座ってのどをうるおし、山をくだる道へと向かう。道幅が広くて三人ならんでおりることができた。

みほは生徒手帳のカメラで、ロイリチカとリトフェットをたくさん撮った。くだりの道は足取りも軽く、あっけないくらいにすいすいと進んでしまう。ふたりといられる残り時間のリミットが迫ってくる。

山菜そばを食べ、店を出ると、やっと昼すぎというところなのにあたりは薄暗くなっていた。見あげると木々の梢《こずえ》の先の空は灰色で、みほは「店あるわきょう」と、思わず口走る。

「ね、これからうちの店に行こうよ」

「え？」

「街を離れるまえに、まぶさんに会っていきなよ」

そうね……というようにリトフェットとロイリチカはうなずきあう。

「ラスト・パンケーキ、なににしよう」と、ロイリチカ。

「わたしのプラネットを作ってもらおうかな」と、リトフェット。

ふたりの反応に、みほはとりあえずほっとする。リュックの底にはいつなんどきバージンパンケーキがオープンになってもいいように、エプロンと三角巾をたたんで入れてある。

「うちはね、くもりの日だけお店をあけるの。ふしぎでしょ」

なぜ？　というふたりの表情にみほは肩をすくめてみせる。

「わかんない。まぶさんがむかしそう決めたらしい」

リトフェットはふーんと鼻を鳴らして、「気圧の関係かしら」

「気圧？」

「くもり空の気圧が、彼女にはベストだとか」

「そうだとしたらすごい敏感。猫みたい」

ふもとから電車に乗り、国分寺に向かうあいだ、天気が変わってしまいやしないかとみほは車窓から空を見守った。朝の快晴っぷりが嘘のようなくもりぐあい。でもこれいじょうにはならないで、と、みほは念じる。雨になったらまぶが店を閉めてしまう。

みほはいつもの道を、ふたりの背をぐいぐい押したいのをこらえて歩く。ぱっとのぞきこんだ路地にすこしはやめのあんどんが出ているのを確認すると、やっと緊張がとけて顔がゆるむ。

「まーぶさーん、こんにちはー」

店に飛びこむと、首にカメラをさげた丑松さんが帰るところだった。みほが会釈すると、つづいてリトフェットとロイリチカも日本ふうに丑松さんに頭をさげる。

カウンターの中にはもうまぶがいて、「いらっしゃい」と、ほほえんだ。

「三人で高尾山行ってきました、おみやげです」

みほはリュックから天狗焼きの入った紙ぶくろを出し、まぶに渡す。天狗焼きの湿気でしなしなになったふくろをまぶは受けとり、

「一緒に遊びにいく仲になったと」

「それが、明日でお別れなんです。つぎの街に行っちゃうんだって」

まあ、と、まぶはふたりを見あげる。

「さいごにまた来られてよかったです」と、リトフェット。

みほはカウンターにテテッと駆けこみ、リュックからエプロンを出してすばやく身じたくする。

「汗くさかったらすいません」

まぶはふたつに割った天狗焼きをもぐもぐ食べながらいう。「平気」

リトフェットとロイリチカはテーブルについてメニューをひらき、終わりのページまで丹念に読む。

「わたしのプライベート・プラネットをいただけますか」

「わたしは、思い出の果物のクリーム・ハンモック」

まぶはうなずく。

「じゃあ、あなたの思い出の果物を聞かないとね」

「思い出の……」

ロイリチカはリトフェットを見あげ、「日本に来てはじめて食べた、あの柿」

リトフェットはうなずき、「すごく甘かった」

それきりふたりは、言葉にならないように見つめあってだまってしまう。みほはおずおずと、

「あの……どうしたの？」

「帰ったら、ロイとわたしは離ればなれになるんです」

と、リトフェット。ロイリチカの髪をくしゃっとかきまぜ、「彼女は遠くの学校に行くことが決まっています」

「それは教師として、赴任するということ？」と、まぶ。

「はい、さいしょは断ったけど。そこではわたしの力を必要としているって」

「今回の旅は、それで、思いきって長い休みをとって来ました。つぎにいつ一緒に遠出できるかわからないから」

「柿は日本ではじめて食べたの。忘れられない果物になりそう」

「そうだったの」

みほは大きなため息をついた。

入口のベルが軽やかな音を立てて、買物ぶくろをさげた主婦ふうのふたり組が入ってきた。蒸し暑いといって、扇風機の風がよくあたる二番テーブルに座る。みほは水を運びながら、ふと、リトフェットとロイリチカが入ってきたときにベルは鳴ったっけ？と思う。

オーダーをまぶに通すと、みほはリトフェットの横に座って、

「いまのお客さん入ってきたとき、ベル鳴ったの聞こえた？」

「うん？　そうね、鳴ったかも」

「ふたりが入ったときって、鳴った？」

リトフェットは思い出そうとする顔つきで、「それがどうかしましたか」

「うちの店のふしぎその二。あれ、バージンセンサー」

「え？」

「処女じゃないひとが通ると、ベルが鳴るの。ふたりのときは鳴ったかなあって」

「ふふ」

リトフェットとロイリチカはくすくす笑いする。

「どういうしくみなのかぜんぜんわかんないんだけど。まぶさんはそうだって。さいしょはランダムに鳴ってるのかなとか思ったんだけど……」

みほが説明していると、ロイリチカはなにか思いついたように、わきにおいていたリュックのキーホルダーの束をさぐりはじめる。

「どうしたの」と、みほ。

「あのね、このお店、まえからこうだったよ」

そういってロイリチカがキーホルダーの束から抜き取ったのは、銀色の方位磁針だった。ＮＥＳＷと刻まれた文字盤のうえで、針がものすごい勢いで回りつづけている。

「えええっ？」

みほの全身に鳥肌が立つ。金切り声をあげてしまいそうなのを、ぐっとこらえる。

「一種の――そうね、わかりやすくいえば、エネルギースポット？」

ロイリチカは、ぐるぐると回転していっこうに止まるようすを見せない磁石を見おろして、「さいしょから、ここはそういう場所だと思っていたの」と、なんでもないことのようにほほえんだ。

まぶさんて――いったい何者?!

この店ってどうなってるの？

みほは質問を飲みこんでまぶを見つめる。まぶは腕を組んで少女たちのやりとりを眺めている。

4. シスター・マーブルと盛

鶴《つる》学園の図書館は、生垣で囲まれた敷地の、南西の端にある。

冬の西日が小さな窓からほぼ水平に差している。机のしたにはたっぷりと陰がたまり、ゆきかう学生たちは腰の深さの海を歩んでいるようだ。シスター・マーブルはカウンター内の小部屋のパソコンの前に座り、ひとりの青年を待っていた。

「パールさんお見えです」

整理係アルバイトの学園OGが、ひょこっと顔を出した。シスター・マーブルがうなずくと、整理係と入れかわりに長身のスーツすがたの青年が入ってきた。

「お待たせしてすいません」

「いえいえ、ご足労かけまして」

シスター・マーブルはいすをひとつ引いて青年にすすめる。「お茶いれますね」

「どうも」

青年はぱきっとした笑顔を見せ、さっそくパソコンの画面に見入る。クリーム色のおだやかな色調の、鶴学園公式サイトが表示されている。

「今回はどんな感じにしましょう」と、青年。

「先日入試が終わりまして。その合格発表についてと……在校生向けに、新学期の教科書の購入について」

シスター・マーブルはポットの湯でハーブティーを作り、ふたつのティーカップに注ぎながら答える。レモングラスとアップルミント、カモミールの香りが小さな部屋をたちまち満たす。

「あとはいつもどおり学長から毎月のあいさつと、図書館の新着図書と、今月の新人スタッフの自己紹介、サークル紹介」

「はい、はい」

青年は薄く小さな端末に、すばやくシスター・マーブルの言葉をメモしていく。長い指がモニターのうえをさらさらとよどみなく走るのを、シスター・マーブルは見守る。

「どうぞ」

「いい匂いですね。いただきます」

シスター・マーブルは青年の横に腰かけていう。

「トップページの色をピンクっぽくしてほしいと、広報からの要望です」

「春を待つ感じで」

青年はつぎつぎと端末に記録していく。集中するとカップのふちをカチカチ噛むのが、このパールネット社の営業マン、酒井《さかい》盛《さかり》のくせだった。子どもみたいだな、と、シスター・マーブルはその涼しげな横顔を眺めている。

「じゃ、今月のお原稿ちょうだいします」

「はい」

シスター・マーブルは引き出しから校名入りのクリーム色の封筒を出し、盛に渡す。

「たしかに」といって盛は封筒をかばんに納める。

「あと、画像はこれを使ってほしいの」

「これ、データでいただけたりは……」

「ないです」

「はい、ないすね」

「ごめんなさい」

「いえいえ」

月にいちど、このようにして鶴学園のサイト更新について打ち合わせる。学園スタッフはコンピュータの操作にうといものがおおく、テキストはすべて手書きの原稿用紙、画像は写真の現物で渡している。

「アナログすぎてあきれちゃうでしょう」

いつだったかシスター・マーブルがそういうと、盛は、「いや、新鮮でいいと思いますね。すくなくとも僕はここに来るの楽しみです。毎日何件も回りますけど、ほっとしますねここは……時間の流れが外とちがって」と、答えた。

「そう？　いまどき手書き原稿でいちいち面倒なんじゃないかって。みんなメールでパパッとすませるんでしょ？　こういうの」

「まあそうですね。でもすぐテキストにできますから。完ぺきに機械が読みとります。字がおきれいなんで」

「よかった。一字ずつキーボードで入力してくれてる人がいるのかと」

まさか、と、盛は首を横にふる。

「こういう手順でお仕事いただくの、ほんというと鶴学園さんだけです。課長がいってます、こちらは長いおつきあいだから、このやりかたを望まれるうちはそれに従わせていただくって」

「ありがとうございます。これからもよろしくお願いします」

シスター・マーブルが頭をさげると、盛もちょっとかしこまったように背筋を伸ばした。

「こちらこそ」

そして、いつも出したお茶やコーヒーをカップに一滴も残さず飲みほして帰っていくのが、シスター・マーブルはうれしかった。

シスター・マーブルは鶴学園の寮に住んでいる。

寮には遠方に家のある学生たちもおり、五十人ほどの女たちが共同生活をしている。学生の部屋にはベッドと本棚と机、収納ボックスがあるだけだが、シスターの部屋には簡易キッチンもついていた——電熱線がうずを巻いたひと口こんろと、蛇口とシンクがひとつ。この電気こんろが古くてなかなか温まらず、ミルクパンの湯が沸くまでに十分もかかる。

シスター・マーブルはこのしけたこんろでじょうずに焼き菓子を作るので、学園では有名だった。バザーのときには食堂の厨房《ちゅうぼう》を使って、お菓子作りのすきな仲間のシスターや学生とともに大量の菓子を焼く。

「シスター、袖がほつれてる」

シスター・マーブルが寮の広間で夜のお茶のしたくをしていると、針箱をさげたシスター・レターが後ろから声をかけてきた。

「あとで縫ってあげましょうね」

「ありがとう」

息が白くなるほど寒い室内。寮は省エネを徹底していて、人が入るまえに部屋を暖めておくなんてことはしない。

シスター・マーブルとシスター・レターがテーブルを運び、輪になるようにおく。そのまわりにいすをならべる。卒業生の寄付で購入したペレットストーブに、火を入れる。

週にいちどの夜のお茶の時間は、シスターたちが「お母さんの仕事」と呼ぶ作業の時間で、縫いものや繕いものをしたり、小物の修理をしたりする。シスターの制服も自分たちで作る。シスター・マーブルは裁縫にかんしては不器用だった。仲よしのシスター・レターも、シスター・マーブルの縫った雑巾をしみじみと眺めて、このクッキーを焼いたのとおなじ人が縫ったと思えません、と、苦笑いする。

「わたしは何年やっても、お母さんの仕事はじょうずにならないね」

シスター・マーブルの服は、ほぼすべてシスター・レターやシスター・レモンに仕立ててもらったものだった。

「だから、私の縫った服を着てもらえます」と、シスター・レターは笑う。「それに、こんなにおいしいお菓子をお茶の時間のたびに用意してくれること、みんなほんとに感謝しているのよ」

「思えばわたしって、いつもお菓子のおかげで居場所があった」

「居場所？」

お茶の準備がととのった広間に、ひとり、ふたりと裁縫道具を抱えたシスターが集まってくる。しずかに会釈してすきないすに腰をおろし、思いおもいに仕事をはじめる。

「子どものころ、わたしがお菓子を作るとね、ふだんはばらばらの母や弟や妹たちがテーブルに集まってきて」

「お父さん、おられないんでしたっけ」

「すえの妹が生まれてすぐに別れてて。わたしも顔はおぼろにしか……」

シスター・レターはうなずく。かんたんに「お気の毒に」などといわない。だから子どものころの家庭環境についても彼女にならかくさず話せる。ほかのシスターなら、「ごめんなさい、知らなくて」「つらいこと聞いちゃったわね」と取り繕うところを、軽はずみに同情の言葉を用いないシスター・レターが、シスター・マーブルはすきだった。

シスター・レターは袖のほつれを見ようとシスター・マーブルの手をとる。もう片ほうの手でぱちんと針箱をひらく。

「お菓子があると一家だんらんって感じだったな。母は仕事で家にいないことがおおかったけど」

「そう」

「中学に入って、友だちがなかなかできなかったときに、調理クラブで自己紹介代わりにスペインドーナツを作ってからは仲のいい子ができたり」

「お菓子のあるところ、心のふれあいありね。お菓子で自己紹介ってすてき。スペインドーナツってどんなの？」

「星形のしぼり金でしぼった生地で、クルッと長めの輪にして。はちみつや砂糖をふって」

「あれね。固くて、あの歯ごたえすき。想像したら食べたくなってくるわ」

「ふふ」

「はい、できました」

「ありがとう」

シスター・レターは、シスター・マーブルよりふたつ年上で、寮に入ってきたときは三十代になっていた。カトリックの女子校である鶴学園に中等部から通い、大学を卒業したらそのままシスターになったシスター・マーブルは、世間というものを自分よりもずっとよく知っているシスター・レターがほんとうの姉のように頼もしかった。

「シスター、パールさんまだなの？」

ベテランの貸出係が、帰りじたくを終えたかっこうで部屋をのぞきこむ。時計は六時に近づきつつあった。

「連絡ないから、じきにみえるとは思うけど」

「めずらしいね、あの営業さん遅れるの」

「なにかあったのかな」

「それにしても」貸出係はストールが落ちてこないように肩で押さえ、キーボードのうえにひろげた原稿を見おろす。

「これのために毎度わざわざ来てもらうのもねえ。メールですむ話をさ」

「ええ」

シスター・マーブルはひかえめに笑う。

「聞いてる？　総務の子がいってたけど、こんど入ったバイトちゃんパソコンめちゃめちゃできるんだって」

「そう」

「その子に話したら、こういう原稿も写真もぜんぶデータでやりとりできるって。常識だって。どんだけレトロなんですかって笑われちゃった」

「そう」

「そしたらパールさんに来てもらう必要なくなるし——そもそも、サイトの管理もまるごと、うちでやれちゃうかもしれないってよ」

「素人にできるもんなの？」

「うちのサイトの作りなんて私から見たって単純なものだよ。ちょっと詳しい子ならサッサと更新できちゃうよ」

「そんなもんなのかな」

「そりゃパールさんは商売だから、そんなことというわけないよ」

「……………」

シスター・マーブルはちまちまと、黒いカーディガンのすその毛玉をいじりながら話を聞く。あの営業さんハンサムですきだけどさあ、と、貸出係はストールを七宝焼《しっぽうや》きのブローチでとめる。彼女は図書館のスタッフでゆいいつ、シスター・マーブルが敬語を使わずに話す存在だった。

「経費節減ってうるさいじゃない。図書も予算削られまくって……うん、そうだ。もうサイトの外注やめよって、私いおうっと」

いいことをひらめいたというように、貸出係の目がきらりとする。シスター・マーブルは気分が重くなるのを感じた。

「ほら、そうこうしてるまに。閉館時間」と、貸出係。

「電話してみる」

学園サイトを映すモニターの前で、シスター・マーブルはアドレス帳を繰りはじめた。

「パールネット・酒井」の番号を見つける。

受話器をとってボタンを押しかけ、盛の携帯電話に電話するのははじめてだと気づく。とりこみ中じゃないだろうか。迷惑じゃありませんように。

七回コールして、もう切ろうかと思ったときだった。

「はい、酒井」

いままで聞いたことのない、けだるくかれた声に、シスター・マーブルは一瞬なにをいうか忘れてしまう。

「──あ、鶴学園です」

「すみません！　ご連絡しようと思ってて」

「どうかされましたか」

「えー、あの、申しあげにくいのですが」

「ええ」

「いま病院を出たところで」

「酒井さんが？」

「はい、そちらに向かうとちゅうで倒れかけまして。近くの病院で点滴しました」

「え、だいじょうぶなんですか」

「点滴したらもう。いまからおうかがいしてよろしいですか」

「あの、もうここは閉めてしまいます」

「そうですか……すいません、せっかくいろいろ準備してくださってるのに」

「体のほうが大切ですよ。また日をあらためましょう」

「あ、待ってください」

盛はしばしの沈黙ののち、いう。

「いまから、シスター、出てこられますか」

「え」

「もう駅までは来てるんです。あの、古本屋のとなりの喫茶店など」

「え、えっと」

「むりでしょうか」

「あ、あの」

それはいろいろとはじめてのことだ。

机のうえのクリーム色の封筒に目をやり、これを渡すだけなのだから、と、シスター・マーブルは自分にいい聞かせる。

「駅前の古本屋は、三軒ありますが……」

「なんというか、いちばん暗い感じのところです」

「地蔵堂ですね」

「そうそう、地蔵堂書店」

「十分くらいで行けます」

「そのとなりの、ニードルという店です」

受話器をおく手が震えて、がちゃりと硬い音をたてた。

シスター・マーブルは封筒を胸に抱き、壁に吊《つ》るしていたコートを腕にかけて図書館を出る。冬の午後六時はすでに冴《さ》えざえとりっぱな夜の空だった。駅前に出るあいだに何人かの学生と出会い、あいさつを交わした。

ほかのシスターたちには会いませんようにと念じている。広報の仕事でちょっと会うだけだ、といいわけしている。貸出係との会話を思い出す。もうパールネットに頼むのはやめるかもしれない。

「はあ」

息が白すぎるし、クリーム色の封筒も黒いコートに抱えるといやに目立つ。ブーツの先には湿っぽい雪がくっつき、ぼんぼりのようだ。

ニードルの存在は知りつつも、入ったことはなかった。道路に面しているのはギンガムチェックのカーテンがかかった小さな窓だけで、入口がどこかさえわからずに右往左往していると、店の裏から盛が出てきた。

「こっちです」

「すみません」

なんともわかりにくい場所に、ランプの灯ったドアがある。

シスター・マーブルがけげんそうにランプを見あげていると、盛は察したようにいう。

「僕もわかりませんでした。変わった造りですよね」

といって、古く重そうな木のドアをひらき、中へ、というようにほほえむ。だいだい色の光が外へあふれだし、シスター・マーブルのコートのすそを照らす。一歩踏みこむと、山小屋風の店内だった。山の夕ペストリーが壁を飾り、天井の梁《はり》には古いリュックや登山靴がならんでいる。シスター・マーブルはさっと店の中を見まわす。近所の大学の学生らしい男子が三人で大盛りのスパゲティーを食べている。客はそれだけだと確認すると、シスター・マーブルはやっとすこしほっとした。

「すいません、腹減ってて」

盛が座った壁ぎわのテーブルには食べかけのナポリタンがあった。シスター・マーブルはその向かいに座る。

「シスターは、いかが」

と、盛はメニュースタンドをシスター・マーブルに向ける。

「わたしはいいです。紅茶を」

「どうですケーキでも。ごちそうしますので。うまそうですよ」

「けっこうですから」

ぴしゃりと、自分から出た声の冷たさにすこしおどろきながら、シスター・マーブルはいう。「あの、さっそくですけどこれ」

「ありがとうございます、ほんとすみません」

盛は封筒を受けとる。

「病院に行かれたというのは」

「まあちょっと、栄養補給に」

「お仕事たいへんなのですか」

「同僚がつづけて退職しまして。というか、やめさせられて。僕は残って四人ぶんの仕事を」

盛はフォークの先でナポリタンをぐりぐりと、小さな台風のように巻き、ぱくりとひと口で食べる。こんなに大きく口をひらいたり、頬がふくらんだり動いたりするものなのか。はじめて見る、とシスター・マーブルは胸の奥深くでつぶやく。盛がものを、食べるところ。

「もう限界かなあ……」もぐもぐしながら盛はいう。「ぐちってすみません」

「いいえ。そんなときに来ていただいて、ありがたいというか、お仕事を増やしてごめんなさいというか」

「いいんです」

盛は強い口調でいった。

「ほんと僕、鶴学園さん行って、シスターがいれてくれるお茶飲むだけが楽しみだったんで」

シスター・マーブルの前に紅茶が運ばれてくる。

「お茶だけじゃないんですよね」

「え？」

「シスターが焼いたお菓子、食べたことあるんです僕」

「いつでしょう」

「シスター・レター？　図書館の帰りに玄関でちょっとあいさつさせてもらって、そのときクッキーもらいました。あなたが焼いたものだって」

「そうでしたか」

シスター・マーブルは紅茶に口をつけられずにいた。手がふたたび震えだしていて、いまカップに触れたら、かちゃかちゃと鳴らしてしまいそうだ。

「あれ、おいしかったなあ」盛はうっとりという。

「酒井さん、もうお帰りになったほうがいいのでは。はやく休まないと」

「点滴ってすごいんですよ。液が体に入りはじめたらみるみる元気になってくのがわかるんです。うちの奴らの頭には、営業ルートの点滴できる病院マップができてますよ」

「まともじゃないと思います」

「僕も思ってます。みんな思ってます。ずっとまえから」

そういって盛はだまりこむ。

壁には外国の山らしき写真のポストカードが何枚かピンでとめてあり、盛は頬づえをついて、黄ばんだ写真に視線を落とす。その伏せがちな目の角度にひやりとする風のような力を感じ、ミスター・マーブルはかすかに身ぶるいした。

スーツの袖口からのぞく薄いブルーのシャツと、手首と時計の鈍いシルバー。きれいな爪。とても遠い世界の、完全なバランスのようなものを見る思いがする。こんなに美しい人が、どうして、手を伸ばせば触れられそうなほど近くにいるのだろう。シスター・マーブルは、シスター・フリルに習った「写真の手ぶれのおさえかた」を思い出して脇をぎゅっと締め、そっとティーカップをもちあげ、ぬるくなった紅茶を飲みほした。

「きょう、ここに向かうとちゅうに社から電話がありました」

ふたたび話しはじめた盛の声は、さっき電話に出たときのざらっとしたあの声だった。シスター・マーブルは胸を押さえてうなずく。

「来月異動が決まったと……」

「酒井さんが」

「内勤になります」

「まあ……というと、来月からべつのかたが来てくれるのですか？」

「いえ、もう営業が行くことじたいなくなり……僕が毎月うかがって相談してたことを、こんごは事務の者とメールでやりとりしてもらうことになります。鶴学園さんにはずっといまのままでっていってたんですが」

「そうですか」

ふたりのあいだの、からっぽになった食器たち。めったに外食をしないシスター・マーブルにはこんな光景も新鮮だった。ティーカップのわきにおいたレモンの輪切りを見つめていると、盛がぽつりといった。

「で、もう会えなくなる、と」

シスター・マーブルがあいまいな笑顔を浮かべると、盛は視線をあわせてしずかにたずねる。

「どう思いますか」

なんていえばよいというのだろう。真っ白になってしまった頭で。

「よかったですね」

とっさにそんな言葉が出た。絶句している盛に、シスター・マーブルはたたみかけるようにいう。

「毎月来てくださるのもお疲れの一因だったと思いますし」

「シスター」

「うちのスタッフがいってたのですが、もしかしたらパールさんとのおつきあいを終了することになるかもしれないって。ですから」

「ですから?」

「いままでのやりかたでは限界だということですね、そちらも、こちらも」

「それで」

盛の声にぴりぴりしたものを感じると、よけいに言葉が滑り出てしまう。「だから、これでよかったんだと」

わたしなにをいってるんだろう。わたしの心はどこにあるんだろう。

しゃべればしゃべるほど遠ざかる。失敗しているということだけはわかるのに。

「あと一回だけ、うかがいます。原稿をお返しに」

盛はそういうと伝票をつかんでいすを立った。がたんと音がして、チャコールグレーのズボンの脚が大きく動くのをシスター・マーブルはうつろな目で追った。

シスター・マーブルの部屋の窓には、分厚いカーテンがおりていた。机には読もうと思って準備したラテン語の聖書と辞書がある。コーヒーは冷めかけていた。

校外で盛と会うべきではなかったのかもしれない。ニードルでのひとときが、シスター・マーブルの胸を占めつづけている。

楽しすぎた。

生まれてこのかた、あんなに楽しいことはなかった。

盛をいら立たせたままの別れになってしまったにもかかわらず――いや、彼がいら立っていたからこそあかあかと燃えるような気持ちがするのだと、自分の心がはじめての動きかたをするのをシスター・マーブルは感じていた。

あの日のニードルにはすべてがあった。明かりと食事、温かい紅茶。疲れている盛と、盛になにかを与えられる、らしい、自分。

なにもかもがいきなりはっきりして、花火のように急速に終わってしまったあの時間。

「で、もう会えなくなる、と」

あの青年にあんな表情と、声と言葉をもらえたこと。

そのことだけで数年はうっとりして暮らせそうなくらいだ。

シスター・マーブルはドアわきのキッチンの電気こんろをつけた。鍋をかけて水を入れ、コンソメのかけらをひとつ落とす。ひと煮立ちしてコンソメが溶けると、ベーコンの角切りと刻んだセロリを入れてさっと煮こむ。キッチンマットを敷いていても、くつしたを三枚重ね履きしても、ずっと立っていると底冷えがする。木のさじで味見する。シスター・マーブルは目をとじて、食道から体の深いところへ熱い液体が流れていくのを感じた。盛の声、盛のまなざしを色にたとえたら、このブイヨン・スープのような黄金色だろうと思う。

もっと話してほしい。彼に。彼自身のいろいろなこと。どうしていまの会社に入ったの。どんな学生だったの。どんな友だち、きょうだいとともに育ったの、どんな場所で、なにがすきで。どんな本を読んで、どんな曲を聴いて。シスター・マーブルは夢を見ているような心地で、フランスパンをちぎってスープに沈め、とき卵をからめて火を通し、ふわりとさせた。火を止めて立ったままでスープを飲む。これは彼の声。彼の目の光。するどい風を起こすようだった。わたしたちは生きているのだということを、盛はあの喫茶店で教えてくれた気がする。

「えっ、パールネットの人と外で会ったの?」

シスター・レターの口を、シスター・マーブルは両手でふさぐ。

「しずかに」

「ごめんなさいね。びっくりして」

シスター・マーブルはシスター・レターの肩を押さえ、いすに座らせる。そしてストーブに火を入れる。夜のお茶にははやいこの時間、広間にはふたりだけだった。

「でも、広報の仕事で、でしょう？」

「原稿を渡しただけ」

「ならそんなに気にしなくても、と、いいたいところだけど。気になるから私に話すのですね」

「シスター。わたし、どうしたらいいか」

「あなたは、中学からここだって、いったわね」

シスター・マーブルはうなずく。

「お母さんは女手ひとつで、あなたを私学に通わせた、大学まで。あなたはお母さんのがんばりをずっと近くで見てましたよね。きっと、すごくまじめな学生時代だったと思います」

シスター・レターは目をとじて、思いをめぐらせるようにいう。

「そしてそのまま大学を出てシスターになり、学園に残った。純粋培養とはあなたのようなひとのこと」

「はい」

「私みたいにいちど世間を知ってから、ここにもどってくることもできる」

「どういう意味ですか」

「そしてそれは主への想いも考えも、強く、深くしてくれると思います」

目が泳ぎ、言葉を受けとめきれないようすのシスター・マーブルに向かって、子どもに聞かせるように、シスター・レターはひとことずつゆっくりといった。

「私には、正直な気持ちを、いつも教えて」

シスター・レターは席を立ってストーブに向かう。「ぜいたくね、消すわ」

節約の心には、がらんとした部屋であかあかと火が燃えているのはどうにも落ちつかないのだった。シスター・レターはもどってくると、あごに指を添え、すこし考えて口をひらく。

「あなたが本音をいいやすいように、私もだれにもいってないことをいいます」

「えっ」

「私には離婚歴があります。息子もいます」

まあ、とシスター・マーブルは口を手でおおった。離婚歴も、子どもの存在も、規則やぶりだった。

「近く、息子に会いに行こうと思ってるの」

シスター・レターは苦しげに息をつき、

「この春、中学生になる」

「そんなに大きかったんですね」

「会いたくて、会いたくて、おかしくなりそうだった」

シスター・レターは壁に掛かっている、シスター・トラの織ったタペストリーに目をやる。織物の中では、賢者たちが藍色の夜空の金の星を見あげていた。

「会えなくてもこっそり見るだけでも。私、息子に会うことをもとの夫から禁じられていて。ほんとうにだめな母親だったから」

悲しそうな笑顔をして、「私たちは不良ですね」と、シスター・レターはいった。


〈十七時半・パールさん来館〉

盛が来ることも、消耗品の納品がある日も、図書部会や奉仕部の日時も学校行事もすべて、おなじペンでおなじ筆圧で手帳に書いていた。ほんとうは金色のペンで彼の名を書き、その日付の枠はピンクのペンで囲いたいくらいなのに。

どこかに手帳を落としたり、だれかに見られたりしたときのためにそうしてきたのだと、シスター・マーブルはこの数年の自分の行動の理由をはじめて自覚した。

すべては知られないために。

なんて臆病で周到な自分だろう。

それほど徹底していても、手帳をひらくたびにその日付を見つめるせいで、文字の色が変わってしまってはいないかと、おそれは尽きることがない。

「シスター」

図書カウンター裏の小部屋に、整理係が顔を出す。

「きょうってパールさん来ますよね」

「ええ。きょうでさいごです」

ですよね、と、整理係は腕組みしていう。「あの人来なくなるの、さみしいですね」

「そうね」

「でも、じつはこれですっごい経費減るみたいですよ」

「そう」

「パールさんに払ってたぶん、バイトちゃんにボーナスあげなきゃですよね」

整理係が離れていくと、シスター・マーブルはそのまま体を折り曲げていすに沈みこむように座った。

盛のいろいろな表情、交わした言葉の数かず。走馬灯というのはほんとうだ、と、頭のどこかで冷静に考えている自分もいる。

お菓子をあげよう、というアイデアが目の前の闇をするどく照らす。シスター・マーブルは立ちあがり、足がもつれるような感覚にこわごわと一歩、二歩と踏みだす。地に足がつかない、という比喩もほんとうだ、とかみしめる。

お別れだから、お菓子をあげよう。

シスター・マーブルは寮へと走り、食堂の冷凍庫の片すみに入れてある保存容器をひっぱり出す。いまあるのはこれだけだ――ラップに包んだパンケーキ。それを二枚つかむとランチクロスに挟んで寮を出る。

図書館にもどると、カウンターから貸出係がふしぎそうに、「パールさんみえてるわよ、シスターどこ行ってたの」

小部屋には、立ったままパソコンのモニターを見おろしている盛がいた。

「ごめんなさい、お待たせして」

「いえいま来たところで」

光を、放っているようだ。

この若者は。

シスター・マーブルはぼんやりと思った。盛の体がいつにもましてまぶしく見え、いつもより強く存在している感じがした。

「そのご、お体いかがですか」と、シスター・マーブル。

「そのせつは、恥ずかしいところをお見せして」と、盛。

「おかけください」

会釈して、盛はいつものいすに座る。

「お茶いれますね」と、シスター・マーブルがいうと、「はい」と盛は満面の笑みで答えた。

そんな顔しないで、手もとがくるいそう。シスター・マーブルはやっとの思いで青い花の紅茶をいれる。「どうぞ」と、カップをさしだす。

「いただきます」

盛は両手を合わせる。

「先月のお原稿お返しします。あといままでお預かりしてた資料」

「長いことお世話になりました」

シスター・マーブルは封筒を受けとり、深く頭をさげる。

「ほんとうはわたしだけなんておかしくて、学長からも直接お礼申しあげるべきなんですが」

「いえいえ」

盛はにこにこして、ありがたそうにカップを両手で包む。

「で、あの」と、シスター・マーブル。

「はい」

「来週はやくに、正式に、うちの総務課からご連絡さしあげると思いますが」

「ええ」

「こないだフライングでちょっとお話ししたこと、ほんとになりました。パールさんとの契約を終了するって」

「それは、どこかに」

「いえ、サイトの管理をこれからは内部ですることになって」

「人を雇ったんですか？」

「ふつうに総務のバイトで入った子なんですが、パソコンに詳しいらしくて……あ、ごめんなさい、もちろんパールさんみたいなプロの仕事ができるってわけではなく」

シスター・マーブルは口ごもり、「節約を、うえから厳しくいわれてて」

「うちもおなじですよ」

部屋のすぐ外をがらがらと、返却された本を積んだ台車が行ったり来たりする。閉館十五分まえの放送が流れる。

盛は小さな部屋を見まわしていう。「ああ、ほんとにさいごなんだな」

そういって指の背でパソコンモニターを愛《いと》おしそうに触れる。全身の皮膚がざわざわとさわぎ、シスター・マーブルは思わず自分の肩を抱き、二の腕をさすった。

「きょう来るのもかなり怪しまれたんです。なんであの学校にそんなに行きたがるんだ？　って。書類なんか送ればいいだろって」

シスター・マーブルはランチマットをひろげ、パンケーキを取りだす。「いかがですか、お時間あれば」

盛はきょとんとして、目の前にさしだされた凍ったパンケーキを見つめる。

「いま、召しあがるなら、レンジで温めます」

「あ、食べ、食べます」

シスター・マーブルは食器棚のうえのレンジに二枚のパンケーキを入れ、温めボタンを押す。ジーン、と、電子レンジの音がする。

「お菓子をほめてくださったので。さいごに召しあがってください」

貸出係が飛びこんできて、ふたりを見てちょっとおどろいた顔をする。え、いま、なんでレンジ。しかし室内のはりつめた空気を感じたのか、壁のコートとバッグをつかむと、「お先」と小声でいい、出ていった。

シスター・マーブルはパンケーキを皿にのせて果物ナイフで切り分ける。フォークを添えて渡すと、盛は言葉をなくしたようにまばたき、うやうやしく皿を抱いた。

シスター・マーブルは空のカップに紅茶をそそぐ。

「お口に合いますか」

「うまい」

気絶しそうだ、というような盛のオーバーな表情にシスター・マーブルは笑う。

「レンチンで、こんなに柔らかいパンケーキが」

「ありがとうございます」

「ありえん。うまい。ほんとうにうまいよ」

震える声を出して、ふざけているのかと、シスター・マーブルは盛の顔をのぞきこむ。

盛はほんの一瞬泣いたのかもしれなかった。

「パンケーキ屋さんになったらどうです、シスター」

「ええ?」

「おれ毎日食べに行きます」

さざなみのような振動がシスター・マーブルの体を包む。

高いところから声が聞こえた気がして、思わず顔をあげる。

「毎日これが食べられたら……最高なのにな」

盛は空になった皿を、惜しむように見おろしていた。


日曜の礼拝が終わり、参列者がコートや帽子を手に教会を出ていく。礼拝には学園の生徒と家族、職員のほかに近隣の信者もやってくる。シスター・マーブルは扉のわきに立って帰ってゆく集団を見送る。春の遅いこの街でも、人びとの装いがすこしずつ軽やかになってきている。真冬のコートを着ている人は、もういないような。

「シスター」

おどろくべき声に呼びとめられて、シスター・マーブルは飛びあがりそうになる。教会の中から盛が現れた。

「礼拝に参加してみましたよ」

「いらしたのですか」

「後ろのすみっこあたりにいました。いちおう、信者ってわけでもないし遠慮して……。気づきませんでしたか」

シスター・マーブルは胸をおさえてぶんぶんと首を横にふる。

「びっくりさせました？」

「ええ、かなり」

「幼稚園はカトリックでしたよ。意味もわからず神さまの歌うたったりしてましたが」

と、盛はいい、あたりを見渡していう。「シスター、お話しできますか」

「お話って」

盛のきらきらした瞳が、シスター・マーブルをおそれさせる。

「困らないでください。シスターのお茶を一杯いただけたらおとなしく帰ります」

「ええと……」シスター・マーブルは校庭の向こうにある建物を指さし、「向かいの、ロビーでなら」

どこでも、というように盛はうなずく。

ロビーは、壁も床も、微妙に色味のことなるブルー系のタイルを敷きつめた真っ青な空間だった。

「あそこに」

シスター・マーブルが木製のベンチをさし、盛とならんで腰かける。

「お茶をおもちしましょう」

立ちあがろうとしたシスター・マーブルの手首を、盛は軽くつかむ。

「ここにいてください」

シスター・マーブルはびくっとして手を引っこめる。

「すみません。どうしたらあなたに会えるか考えて、このくらいしか思いつかず」

「…………」

「退職することにしました」

「えっ」

「もうあなたに会える楽しみもないと思うと、ほんとうに、朝起きることもできなくなって」

古い建物の中は、学生たちがいないときには時間が止まったようになる。盛はコートのポケットに両手をつっこんでいう。「神さまはこの会話も聞いてるんですか」

「酒井さん」

「罰は僕が受けるんで。シスターはすこしもわるくない。シスターはわるくないぞ、と訴えたいです」

「ここではやめてください」

「あはは」盛は乾いた笑い声をたてた。「寒いですよねここ。手ばやく切りあげますよ」

グレーのジャンパースカートに黒いカーディガンを着たシスター・マーブルを、盛は目を細めて見つめる。

「シスター、ここを出られませんか」

「ここを、出る」

「一緒に店をやりませんか。シスターがお菓子やなんか焼いて、おいしいお茶をいれて」

心臓が止まりそうになる。シスター・マーブルの顔は蒼白《そうはく》になっていた。

「おれも手伝うんで、どうでしょう」

小さい店をもてるくらいの蓄えはあります。不動産屋、ここに来るまえにちょっとのぞいたら、いい感じでした。などと盛が話す言葉の半分も、シスター・マーブルの耳には入ってこない。めまぐるしく回転する現実に、この学園のゆるやかな時間に慣れきった心も体も反応しきれない。

シスター・マーブルの目の前には、青い空間も盛もなく、目にもとまらぬスピードでまわる光のうずだけがある。いままで想像したこともない世界の気配が、シスター・マーブルのまわりをめぐる。まったくの、よその、べつの宇宙のように思っていたものが、すぐそばまで轟音《ごうおん》とともに迫ってきているのを感じる。

盛はコートの内ポケットから手帳を出し、ペンで書きつけたものをやぶり、「これを」とシスター・マーブルにさしだす。シスター・マーブルは硬直している。盛は彼女の手をとり、優しい力で指をひらかせ、折りたたんだ紙切れをにぎらせた。

「今月末までこの番号は生きています。お返事ください」

盛は立ちあがり、ふりかえることなく、ガラスのドアを押しあけて冬の終わりの風の中に出ていった。

シスター・レターの名前が寮の名簿から消えたのは翌週のことだった。シスター・レターの去ったあとの部屋を、両どなりに住むシスター・マーブルとシスター・レモンが掃除することになった。

シスター・レターってなに考えてるのかさいごまでよくわからなかった、とシスター・レモンはいった。

「もちろん、あまり過去をあれこれ聞いたりはしないものだけど」

「そうね」

「シスター・マーブル、なにか聞いてた？」

「いいえ」

「そう……あなたとは仲がよさそうに見えたのに。学長は事情を知ってるみたいなんだけどね」

シスター・レモンは、シスター・マーブルとおなじように大学を卒業してシスターとして学園に残ったひとだ。おしゃべりがすきで、私語がおおいと先輩シスターによく注意されている。

「どうして出てっちゃったのかなあ……」

シスター・レモンは世界をふしぎがる子どものようにつぶやき、酢を水で薄めたスプレーを窓ガラスに吹きかけ、古着を切ったぼろ布でぬぐった。


シスター・マーブルはぼんやりしていることがおおくなった。

盛の言葉のひとつひとつが銀の珠《たま》に結晶して、シスター・マーブルの胸の内側でころころと転がりつづけた。おなじ場面を、おなじ言葉を、おなじ表情をあまりにも何度も思い返しすぎて、うっかりすると人前で、盛の言葉をその口調もそっくりに口走りそうになる。

夜に眠れず、そのまま、朝の勤めから一日をはじめてしまう。午後にうたたねをし、また眠れぬ夜をすごす。曜日の感覚がずれていく。

盛が待つといったさいごの日だと思って、夜明け、シスター・マーブルが紙片の番号に電話をすると、この番号は使われていない、という音声が流れた。

シスター・マーブルは部屋を飛びだし、さまよいでそうな魂を押さえるように、口に手をあてて廊下を走る。階段をおりると、寮の玄関のドアのしたに差しこまれている新聞が刃物のように光って見えた。近寄っておそるおそる日付を見ると、四月一日になっていた。

＊

「これが冗談みたいな、この店のはじまりの話」

まぶはそういうと、すみれたばこを吸いあげた花の香りの息をふうっと吐いた。

「シスター・マーブル!?」

カウンター席から、みほはまぶの顔を指さす。まぶは「人の顔ささない」と、たしなめる。

「すごい、すっごいよー。なんですかそれ。くらくらする」

と、みほはひたいを押さえ、うめく。

「で、盛さんはどーしたんですか、そのごの盛さんは」

「さあねえ」まぶは首を小さくふる。

みほにはまぶの淡白さが信じられない。「さあねえって。まぶさん、執着なさすぎ」

「だから応援したくなるんだよね。この人の一生いちどの恋なんだもの」

みほのとなりで、陽炎子がトロピカルティーを飲んでいう。

三人の近くにほかの客はおらず、きょうの有線は賛美歌を流しつづけていた。

「ていうかそもそも、卒業ごの進路にシスターになるって選択肢があることがおどろき……」

みほがいうと、まぶはたばこを灰皿に押しつけて消す。

「いまはどうかわからないけど、わたしのころはまだ、卒業生のうち何人かはそのまま残ってシスターになっていた」

「時代だねえ」と、陽炎子。

「へえ……」

進路指導の時間に「シスターになります」なんていったら、教師がどんな顔をするだろう、などと、みほはちらっと思う。

扇風機の動かす風に吹かれながら、みほは店内をぐるっと見まわす。離れた席では、主婦ふうの女性ふたりが楽しそうにおしゃべりをしていて、その横のテーブルでは丑松さんが安心しきったようにうたたねをしている。いい店だなあとあらためて思う。

「まぶさんがこのお店やってることも彼知らないいんですか」

「そうね」

「もどかしいな……シスター・まぶさんは、盛さんのいうとおりパンケーキ屋さんになったのに……」

「へんな話に聞こえるかもしれないけど」まぶはくすっと笑っていう。「わたし、わたしとあの人が一緒にやってる店がどこかにあると思うんだよね」

「えっ」

みほはまぶの顔を見つめた。まぶのとなりに盛が立っているのが、ありありと見える気がした。長身で、笑顔がきれいで、まぶとおなじように歳月を重ねた男のすがたが。

「あっ、あたしも、まぶさんと盛さんのバージンパンケーキ、はっきり想い描けます！わー、なんかゾクゾクする！」

「ありがとう」

「いまからさがしませんか？　盛さんを！　まぶさんはほんとに彼のいうとおりにした

んだって、伝えましょうよ！」

「あはは。情熱てきね、みほちゃんは」まぶは目尻にしわを寄せて笑う。

「だってこんな話聞いたら燃えるじゃないですか〜」

陽炎子はみほの横顔を頼もしそうに見つめ、「やっぱこの子はすごい、パワーあるわ。わたしたちが見こんだだけのことはある！」といい、ぷくぷくした指でストローをつまみ、トロピカルティーを吸いあげる。

外はすがすがしいくもり空。戸口に立てた黒板には、皿に一枚きりのったプレーンパンケーキのイラストがあった。本日の日替わりは、〈素朴な温かさ　レンチンパンケーキ〉。

5. 陽炎子と虹輔とわるつ

友だちのママが焼いてくれるのより、こげてるし、形もへんだけど、小学生の陽炎子にとって、父の虹輔《にじすけ》の焼いてくれるホットケーキがいちばんすきだった。

虹輔はひょうたん形のホットケーキを裏返し、フライ返しでうえからぎゅっと押さえつける。

「押しつけちゃだめだよ！」

陽炎子がすかさずいうと、虹輔は「あちゃー」という顔をして、「ごめんごめん、いまの取り消し」という。

「取り消せないよォ」

虹輔は、若いころにバイトしていたお好み焼き屋でしみついたくせがいつまでも抜けないのだった。陽炎子はいままで何度、ぎゅっと押さえられてつぶれたホットケーキを食べたことだろう。

陽炎子が自分でひっくり返すといっても、虹輔はゆるしてくれない。中学生になるまではガスの火やホットプレートには触らせないという。陽炎子のふっくらとして真っ白な手に万が一やけどでもさせたら、お母さんに顔向けできないからだよ。陽炎子は父親のその言葉が聞きたくて、時どきわざと自分で料理するふりをしてみた。

「はい、ひょうたん」

虹輔は、陽炎子の皿に大小ふたつつながったホットケーキをのせる。

「つぎはやっこさんの形にして」

「えぇ？　狙ってやるのはむずかしいな」

虹輔は汗をかきながら、ホットプレートに落としたケーキのたねをお玉のふちでひろげ、折り紙のやっこさんの形にしようとする。

「なんかへん……」

陽炎子はぽつりという。ひろげているうちにたねが固まってきてしまった。やっこさんの手にするたねが足りなくなり、ひょろひょろとして幽霊のようになる。

「……これはあれだな！　やっこさんと見せかけて、北海道だな！」

「ほんとだ、北海道みたいな形になった」

陽炎子がゆるしの笑みを浮かべると、虹輔も顔をほころばせる。

「ねえ、メイプル風シロップの、風ってなに？」

陽炎子はホットケーキミックスの箱に入っている、シロップのふくろをじっと見つめていった。

「メイプルシロップっぽいけどそうじゃない、ってことさ」

「そうじゃないってことをわざわざ書いてるの？」

「んー、そうだね」

「こんなの書かないほうが、本物のメイプルシロップだと思いながら食べれるのに」

「それだと人をだますことになるからなあ」

「じゃあさいしょから、本物のメイプルシロップをつけたらいいじゃない？」

「うーん、それがそうできないのが大人の事情ってやつで」

納得いかない娘の顔に、虹輔は苦笑する。「陽炎子はだんだん質問が鋭くなってきて困るな」

「どうして困るの？」

「お父さん学ないからな、そのうち答えてやれなくなるんじゃないかと」

「そんな心配しなくていいよ」

陽炎子はホットプレートのそばに頬づえをついて、ひっくり返されるやっこさんを見つめる。

虹輔がいう。

「お父さんにしてあげられるのは、陽炎子に本物のメイプルシロップがどんなか、食べさせてあげることだな」

「やったあ！　食べてみたい」

土曜の午後はこうやって、会社が半ドンで終わった父がいそいで帰ってきて、年季の入ったホットプレートで焼きそばや、お好み焼きやホットケーキを焼いてくれる。

このまま時間が止まってほしいと願うくらい、陽炎子は虹輔とのホットプレートの昼食がすきだった。


「遅刻の理由は？」

二時間ご、陽炎子は倉田《くらた》わるつ先生の屋根裏部屋の十畳間に正座させられていた。部屋には西向きの窓がひとつしかなくて、窓に面した机に先生は座っており、そのはるか背後に小さな折りたたみ机があって、陽炎子がいる。

古い家や家具にしみついた湿気と、墨汁のにおい。先生の長い影の先に陽炎子は正座していた。まだ道具の入った赤いお習字バッグをひらくことすらゆるされていない。

「理由は？」

わるつ先生は、柱も梁《はり》もびりりとしびれるような声でもういちど聞いた。子ども相手にこんなにこわい声を出す大人を、陽炎子はこの老女よりほかに知らない。

陽炎子はびくびくしながら、「ホットケーキを食べてました」と、正直にいった。どんな嘘をついても見やぶられて、何倍も怒られてしまうのがもうわかっているから。

「聞こえない」

「お父さんとホットケーキを食べてました！」

陽炎子の高い声が、三角天井の屋根裏部屋に響く。

「またそれか」

「そのあと、メイプルシロップを買いに行って、遅れました」

土曜の午後はわるつ先生の書道教室があるのに、虹輔はそれを忘れがちだ。さっきも、いまからメイプルシロップを買いに行こうといいだし、もう家を出なければいけない時間なのに、陽炎子はそういえずについていってしまった。父と一緒にいられるのはほんとうに、一週間でもわずかな時間だったから。

「あの、わたしが、メイプルシロップ風ってなにって、聞いて……」

陽炎子の弁解を、わるつ先生はだまって聞いていた。その表情は、陽炎子がきょうは泣かずに終わりまで説明できたことを、まずは認めてくれたようだった。わるつ先生は子どもが泣こうがわめこうが手をゆるめたりしない。そこが学校の先生とまったくちがって何百倍もこわい。

陽炎子の友だちは、筆巻きをひらいて筆を洗い忘れていたことに気づいた瞬間、アッと小さな恐怖の声をあげた。あわてて墨に筆先をひたしてほぐし、字を書きはじめるが筆跡ですぐにばれてしまう。わるつ先生は冷ややかに「あんたやる気ないな」「そんなことありません」「やる気あって道具がこれか」「すみません」「きょうは書けないな」「どうしたらいいですか」「自分で考えろ」

友だちは震えながら三十分、陽炎子の横で正座していた。墨にひたしたままの筆はすこし柔らかくなっていて、やっと一枚書いてその日の提出とした。

その子はすぐにべつの教室に通いはじめた。そこでは洗面所のお湯で筆を洗わせてくれるし、新聞紙ではなく専用の吸いとり紙も貸してくれるという。忘れものをしてもちょっと注意されるていどで、部屋には音楽を流して和気あいあいと練習していると、陽炎子に楽しげに話した。

土曜日に通っていた子どもたちは、ひとり減りふたり減りしていった。子どもをやめさせます、という親からの電話がかかってきたその場に、陽炎子も居あわせたことがある。先生は黒電話の受話器をおいて陽炎子をふりむき、だれにともなく「もうはやらないのかもね、こういうのは」と、つぶやいた。陽炎子はそのときの先生の表情が忘れられず、自分はずっと、中学生になってもここに通おうと決めたのだった。

「あんたの父親も、たまにはいいことというね」

娘に本物を食べさせようとして、スーパーにメイプルシロップを買いに行った話。

「お父さんはいつもいいことといいます」

「口ごたえするんでないよ」

と、いいながらも、わるつ先生の目はどこかおかしそうだった。

「子どものうちから本物に触れておくのはだいじだ」

書道は書の道、お遊びクラブじゃないんだ。遅刻するなら来るなといって、わるつ先生はたった五分遅刻した生徒を家に入れなかったこともある。

陽炎子も何度門前払いをくったかわからない。こわごわと玄関のブザーを押すと（ブザーには音符マークがついていた。こわい先生と「♪」のイメージがあわなくて、陽炎子はここに来るたびにへんな気分になる）、しばらくして先生が屋根裏からおりてくる。階段をきしませながらおりてくる足が、玄関ドア上部の、ひびの入ったガラスから見えると、ああ怒られる、と思ってぎゅっと心臓がちぢこまる。そして先生はドアのすきまから陽炎子の顔を見ると、

「遅い」

といって、にべもなくドアをしめてしまう。

そうなるともう、陽炎子はふーっと息をついて玄関のひさしを見あげるしかできない。あれこれ考えていた遅刻のいいわけをしなくてもよくなったことの安堵《あんど》と、このまま帰ったら虹輔が払ってくれた月謝がむだになるという罪悪感で、頭がぐちゃぐちゃになる。

あけてはもらえないドアの前に立ちながら、外灯に大きなくもの巣がかかっているのを見て、しばらくぼんやりして、われにかえって帰るのだった。

追いかえされた子どもたちの親は、子どもをやめさせるだけではあきたらず、わるつ先生をわるくいうようになっていった。あの不気味なぼうぼうの白髪頭、やまんばか妖怪なんじゃないの。身なりをかまわずにくもの巣だらけで草伸びほうだいの家に住むのが書の道なの。わるつ先生がずっと独身らしく身寄りがいないこともうわさのたねになった。「高齢なのにひとりでしっかりしている」といっていた人が、「あんな性格だから同居してくれる家族もいないんだよ」といいだす――人はいちど「嫌い」へ心が傾くと、それまでは尊敬していた部分さえ侮蔑《ぶべつ》の対象となることを、陽炎子は大人たちの言動をとおして見てきた。

「おしいね」先生は自分の評判も正確に知っていた。「やまんばじゃなくて魔女といってほしい」

「魔女？　先生魔女なんですか？」

「そうだよ」

その会話は、ほかの曜日の生徒もすべてやめていて、わるつ先生の生徒と呼べるのは陽炎子たったひとりになって、しばらくたった春のことだった。

陽炎子は中学生になっていて、足腰が弱ってきたわるつ先生の世話をするため、学校帰りによく三角屋根の家に立ち寄っている。

この日はわるつ先生は食卓のいすに座り、陽炎子は台所でカレーを作っていた。

「野菜はもっと小さく切るんだ」

陽炎子の背後から、まな板のうえなど見えていないはずなのに、わるつ先生は鋭くいった。陽炎子は澄まして答える。

「じゃがいもは、煮くずれるのを計算してこの大きさです」

わるつ先生は笑った。先生はまえよりも笑うようになった。

「でもブロッコリーの茎はもっと厚くむいて小さく切れ。にんじんとおなじくらいに」

「……ほんとに見えてるんですか、先生？」

切れかけた小さな蛍光灯ひとつきりの、暗い食堂なのである。ふりむいて陽炎子はおどろく。わるつ先生は台所が見えないどころか、杖に体をあずけて庭のほうを眺めていたのだ。

「どうして見えるんです。先生ってほんとうに魔女なんですか」

「そうよ」

そして、だけどこの目ならしばらくまえから見えてないよ、といった。

「えっ」

陽炎子は包丁をとり落としそうになる。わるつ先生は去年から杖をつくようにはなったけど、自由に階段をのぼりおりし、庭の手入れをし、近所までならひとりで買いものに行っていた。もちろん陽炎子の書いた字も以前と変わらぬ鋭さで批評する。

「ぜんぜん気づきませんでした」

「もうろくを弟子に悟らせたくないからね」

弟子、という言葉を使ったのがふしぎだった。ほかの子どもたちのことは生徒というのに。陽炎子がそう考えていると、わるつ先生はぽつりと「口がすべった」と、いった。


虹輔の妻、陽炎子の母の丹《たん》は、陽炎子が幼稚園にあがる数日まえにかぜをこじらせて亡くなった。陽炎子が、生まれてはじめて遊園地につれていってもらった日だった。熱があるからお父さんとふたりで行ってきてね、と、送り出した母は、家に帰るとこたつの中で、眠るように死んでいた。

夫のぶかぶかのセーターをパジャマのうえに着た丹は、入園式にそなえてパーマをあてたばかりの髪に、陽炎子がプレゼントした流れ星のモチーフがついたヘアピンをしたまま、すごくうれしいことがあったような笑みを浮かべていた。いまにも「あのねあのね」と、いつまでも少女のようなその口調で話しかけてきそうだった。

あんな笑顔で死んでるひとをはじめて見た、丹ちゃんがあんなに笑ってるなら、天国は遊園地みたいな場所かもしれんな、と、虹輔や親戚たちはのちのちまで酒の席で話した。

それを子どものころから聞かされていたから、虹輔とふたりで遊園地へ行き、帰ったら丹が亡くなっていたという記憶と、虹輔と丹と三人で遊園地に行った記憶との両方が、陽炎子の中では並列している。あとのほうは大人たちの話の影響を受けた作りごとだとわかってはいるけど、遊園地での母の笑顔や、三人で売店のフランクフルトやアイスクリームを食べている場面があまりにもありありとイメージできて、嘘ではない気がしている。妄想から思い出へと、格上げしてもいい。そんなふうに思う。ふたつの記憶は、ふたつのわたしがいるようでおもしろい。


陽炎子は思う。

わるつ先生の書道教室には、どうして通うことになったんだっけか――。

母親のいない家庭でも、娘にこまやかな教育をしたいと虹輔は考えていた。家に遊びにきた陽炎子の友だちが、倉田わるつ書道教室に通っているといったのを耳にして、すかさず陽炎子にも習わせようとした。いつのまにか先生に電話して話をつけて、土曜の二時からと決められていた。いつもおっとりした父の、いつになくスピーディーな動きにびっくりしたものだった。

娘を幸せにすることしか頭になかったと思う、あの人は。そしてひとりきりのときには、妻のことを考えて酒を飲んでいたのだろう。そんな夜に、酔っぱらって川に落ちた。子どもでも背が立つ浅さだったのに。「いがいと遠くまで流れたね」「ほとんど無抵抗だったぽいな」と、警察がいっているのを陽炎子は聞いた。

丹が虹輔をつれていったんだろう。虹輔の目には丹が見えていて、愛する妻の亡霊とじゃれあってるまに流れていったんだろう。流れに逆らうわけがない。

それが陽炎子中二の夏だった。

土曜午後二時に、陽炎子はスーツケースをひとつ引いて書道教室の玄関に現れた。

「♪」のついた黄ばんだボタンを押すと、杖をひきずる音がしてドアがひらいた。真っ白な、量もすくなくなってきた髪を頭のてっぺんにまとめ、真っ赤な布をリボンにしていた。瘋癲《ふうてん》老女わるつ先生が眼光鋭く陽炎子を見すえた。

「先生」

みなしごになってしまいました、わたしをここにおいてください、と、いおうとして、うまく言葉が出てこなかった。

泣くな。泣いても容赦しない。子どもでもきちんと説明できなければならない。それが骨までしみついていたから、陽炎子は泣けなかった。

「うん」

「先生」

「うん」

「先生」

「話がすすまんね」

「ごめんなさい、わたし」

「でかい荷物だ」

「ごめんなさい」

「蚊が入る」

と、いって、わるつ先生は背を向けて部屋に入っていく。陽炎子はスーツケースをもちあげて玄関の中に入れ、ついていく。

「先生、ご飯は」

「食べた」

台所をのぞきこむと、どんぶりと箸がさげてあった。

わるつ先生の家は昼間でも暗い。ぐるりを伸び放題の植物に囲まれて、窓の外もなんの木のだかわからない葉っぱがおおっている。わるつ先生は杖をサイドテーブルに立てかけ、古いソファーにうずくまる。暗くても電気をつけない。天井に電灯があるにはあるが、陽炎子がつけると怒る。なので陽炎子はすみっこのテーブルランプをつけた。

二時に来ても、わるつ先生は習字をはじめないことがおおくなった。やるとしても一階の居間で、もう二階の屋根裏部屋には行かない。階段をのぼることもきついらしい。

「きょうはお習字をする気持ちになれないんです」

「うん」

「母が、父をつれていってしまいました」

「うん」

「川をすいすい流されて。苦しんだようすがないそうです」

「あんた、母親もそんな死にかただったね」

「はい、どうしてわたしは両親ともそうなんでしょう。なんでふたりとも、笑いながらいっちゃうんでしょう」

「茶をいれて」

わるつ先生はいつもと変わらぬ口調でいった。陽炎子は台所の大きなやかんをもちあげる。たっぷりとお茶が入って重い。火にかけて温めなおす。みんなが腫れものを扱うように自分に接するけど、わるつ先生はいつもどおりに人づかいが荒いのが陽炎子にはありがたかった。台所のしみだらけの壁をぼんやりと見つめ、ふうっと腹の底から息を吐く。教室ではずっと息をしていなかった気がする。

「先生は、かわいそうっていわないんですね」

陽炎子は温めたお茶を湯のみに注いで先生にさしだす。

「あん？」

「みんなそういうから、悲しい顔をしなくちゃいけないのかなって」

「かわいそうって、あんたが？　あんたの両親が？」

めんどうくさそうにも聞こえるぶっきらぼうな返事に、陽炎子はうろたえる。

「え、ど、どっちも」

「あんたの両親がかわいそうとは、べつに思わんけどね」

「そんなことというの、わるつ先生がはじめてです」

「死はその人のものだ。はやく死んだから不幸だともいえない。人生の意味は本人にしかわからない。勝手に決めるわけにいかない、親子であっても」

「じゃ、じゃあ、わたしのことは」

わるつ先生は答えず、草ぼうぼうの庭を見やる。湯のみをゆっくり口にもっていき、ずずーと音を立ててお茶をすすった。

陽炎子はつぶやいた。

「父と母は幸せだったって、思いたいな。だって笑ってたし」

「じゃあ、そういうことだ」

「わたしはもう、ひとりでもだいじょうぶだって思ったのかな……」

「冷蔵庫をあけなさい」

「え？」

「箱がある」

「はい」

陽炎子は台所の床をきゅっきゅっと鳴らして歩き、古い冷蔵庫をあけた。庫内の照明はとっくに切れていて、側面にマグネットで吊るしてある懐中電灯で中を照らす。中段に白いケーキ箱がひとつ。

ケーキの箱をテーブルでひらく。モンブラン、アップルパイ、チーズケーキ、プリンがひとつずつ。

「食べなさい。ぜんぶでも」

陽炎子の目から涙がこぼれた。

先生はわたしの身に起こったこと、きょうわたしが話すことをとっくにわかっていたんだ。

「先生、わたしをここに住ませてください」

「そのつもりで来たんだろ」

「親戚のところに行くこともできたんですけど、みんなすごく遠いんです。先生に会えなくなってしまう」

「いつかは会えなくなるんだけどな」

「そんなこといわないでください」

「といいながら、ケーキに手が伸びてるじゃないか」

「えへへ」

陽炎子は涙をのみこんでケーキを見つめる。

「先生どれ食べますか」

「そんなものは食べない」


倉田わるつは、そこからは書道ではなく、魔女として生きるための知識を教えた。現代の魔女は生きやすい。なぜなら占い師という仕事がむかしよりもこわくないもの、怪しくないものと思われるようになってきたから、といった。

「先生の書道教師というのは、世を忍ぶ仮のすがただったんですね」

陽炎子がそういうとわるつ先生は「いいや」と、短く否定し、

「仮のすがた。そんなものありはしない。書道教師も私、魔女も私さ。どちらかひとつなんてことはない、私のやることすべてが私さ」

陽炎子は正座して聞いてしまう。

「あんたはまだ若いから、どこかにほんとうの自分がいるとか、こんな自分は自分じゃないとか、そんな考えになることもあるだろう。しかしどれも自分だ。どんなときの自分がやったことも自分だ」

それから、いおうかいうまいか躊躇《ちゅうちょ》したらしいあと、わるつ先生は口をひらき、

「仕事がら、子どもが嘘をつくところをたくさん見てきた。嘘というより、いいわけに近い。みんな素直で可愛い子たちだった」

当時の生徒たちをどう思っていたか、わるつ先生の口からはじめて聞いた瞬間だった。先生は子どもたちを、子どもの側からはとうてい信じられないけれど、可愛いと思っていたんだ！

「大人もそうだ。本物の嘘つきなんてめったにいない。ほとんどの人間はそこそこ正直だ。でも必要に迫られて嘘をつく。つかねばとてもやりすごせないときがある」

「はい」

「嘘をついた自分をほんとうの自分じゃないといって切り捨ててしまうこと、それはまったくもって、もったいないことなんだ。それに気づいてほしくて、いま嘘をついているのは自分だ、この自分なんだと自覚させたくて、私は子どもの嘘をじっくりと時間をかけて聞いていた。遅刻したいいわけ、だまって休んだいいわけ、忘れ物をしたいいわけなんかを」

「どうしてもったいないんでしょう」

「影を認めない人間の成長はそこで止まる」

「嘘をついているときの自分を、自分だと認めるのは苦しいです」

「あんたもたくさんいいわけをしたね、ほかの子がいわないようなことをいってた。玄関に蛇がいたとか、野良犬に追いかけられたとか、誘拐されそうになったとか、みょうにドラマチックなのをさ。ホットケーキを食べてました、シロップを買いに行ってましたと正直にいえるまで何年もかかった」

「先生、覚えててくれたんですね」

陽炎子は思わず、わるつ先生の筋ばった細い腕をつかんだ。

「あのときは厳しすぎたかもしれない。あんたの父親はいそがしくて、家にほとんどいないといってたね。すこしでも長く一緒にいたいさ。だけど遅刻をすればこわい先生が待っている。引き裂かれるような気持ちにさせたはずだ。わるかったと思ってるよ」

わるつ先生はたぶん、ひとりひとりの子どもたちについて、それぞれの事情があったのに責めすぎたこと、傷つけたことをずっと考えてきたのだろう。

陽炎子はわるつ先生の、しわしわの手をさすりつづけた。

陽炎子はわるつ先生から、職業訓練として占星術とタロット占い、東洋の占術、水晶玉に未来を見る方法を習った。ルーン文字と神話も学んだ。

「でもこれはほんのひととおりかじったにすぎない」

と、わるつ先生はいつもいっていた。私が教えたことの中で、自分に向いていると思うものを選んで伸ばせ、と。

「教えていないことのおおさに、とほうにくれるよ」

いつもは泣き言をいわないわるつ先生が、そうこぼしたことがある。

「そんなこといわないでください、わたしいまの五倍の速さで覚えますから」

「いったね」

さっそく次の日から、課題は五倍に増えた。

わたしが学校の授業も宿題もある中学生だってこと、先生忘れてるんじゃない？　と、あきれたが、複数の時間を生きるという感じかたに陽炎子は慣れていた。

朝起きて学校へ行き、友人たちとつきあえば宿題もこなす、どこにでもいる中学生の時間。もうひとつは、登校中や授業中に、空間に映像を見る練習をし、クラスメイトや教師たちのオーラを観察し、彼らとの会話やしぐさからその深層意識をさぐる、魔女見習いの時間。どちらも自分で、どちらの時間も陽炎子は愛した。

わるつ先生は、占術を教えながら、「未来を見ることにこだわるな」と、たびたびいった。

「私があんたに伝えたいのは、この技術をとおして世界の奥深さに触れてほしいということなんだ。その副産物として未来も見えるようになるだろう。人の役に立つなら仕事にすればいい。自分ひとり養うくらいはできるだろ」

陽炎子は自分ができるようになってきたことを、友だちのだれにもいわなかった。わかってくれそうになかったし、中にはむかし一緒に倉田わるつ書道教室に通っていて、あまりの厳しさに親とわるつ先生がけんか同然になってやめた子もいて、先生の悪口を聞かされるに決まっていたから。

書道を武道や茶道のように、作法や心得が命の「道」として教えた人。なまぬるい教師が増えた中、ほんとうにこわいさいごの教師としてわるつ先生を評価する親もいる。でも快く思わない親がほとんどだ。

屋根裏部屋に立っていると、わるつ先生がひとりで生きてきた歳月を想わずにはいられない。

魔女は、愛されないものなのか。

わたしは、わるつ先生のあとを継ぎたいけど、こわがられたり、嫌われたりするのはいや。

陽炎子がいちばんすきなのは、霊力のある石を組みあわせてのアクセサリー作りだった。水晶玉の訓練の中で、水晶とひと口にいってもいろいろな個性があることに気がついた。一点のくもりも傷もない、わるつ先生秘蔵の完全な透明水晶はあったが、日ごろの練習には内部にひび割れやくもりをもつものを使っていた。このひび割れによって水晶の中に虹のように光を反射する部分ができ、その虹も水晶の性格に影響しているようだった。もち主を厳しく導く教師のような石、人間に無関心そうな石、心身を優しく浄化してくれそうな石。性格を知るにつれてほかの貴石にも興味はひろがり、陽炎子は石の世界に夢中になっていった。

占いをして、恋愛の相談にのってあげたり、ブレスレットやネックレスを作ったり、おなじ勉強をする仲間と暮らしたり……そんなことできないのかな？　ずっと孤独で、人生の終わり近くになってやっと、うんと年の離れた孫みたいな女の子が弟子として現れる。そんな人生って。さいごまでだれも現れないよりはいいかもしれないけど……。

でもやっぱり愛されたい。

どうどうめぐりの考えを断ち切り、陽炎子は掃除を再開する。

屋根裏にはかくし部屋があって、魔術の蔵書や神秘てきな力をもつ石や鏡などの道具が山のようにあった。かくし部屋の鍵はあけっぱなしで、陽炎子はひまがあれば入って自習することを求められていた。

「自分のもののつもりであの部屋を整理するんだ。もち主が代わることを、ものたちに伝えるためにも」

高校受験をひかえた時期、陽炎子は倉田わるつの養子となった。それでももとの親戚たちは変わらぬ援助をしてくれて、奨学金も得て、陽炎子は高校を卒業した。

わるつ先生は一階で寝起きし、二階の屋根裏部屋のすべては陽炎子にゆだねられた。

陽炎子が十九歳の冬、わるつ先生はかぜをひいた。病院に行こうとせず自分で調合した煎じ薬を飲んでいた。鼻水がひどく一日じゅうたれている。とっている水分よりも鼻水として出ていく水のほうがおおいように見えた。

「不安そうな顔をしてるね」

枕もとの洗面器の水を捨てにきた陽炎子に、わるつ先生はいった。先生はティッシュで鼻をかんだりせず洗面器の水で手鼻をかむ。一日に何十回もそうしていると、老女の手は荒れてがさがさになってしまう。わるつ先生の手指にワセリンを塗ってマッサージするのも陽炎子の日課だった。

「一日じゅうくしゃみをして、だいぶお疲れみたいです」

「鼻水が出るのはいいことだ。出るもんはどんどん出していく。鼻水とともに冷えも出てくんだ」

「はい」

「病院に行けというなよ」

「いいません」

でも、と、陽炎子は頭の中でつづける。わたしの母はかぜで死にました。かぜを甘くみないでください、先生。

鼻水が冷えを体外に排出してくれる。それはほんとうだったらしく、くしゃみをしなくなるころには、わるつ先生の肌にも赤みがもどって温かくなってきた。

「心配しなくていいんだ、自分の死ぬときはわかる。いまはそうじゃない」

書道を教えなくなったわるつ先生にとって、なじみの顧客からたまに来る魔術や占いの依頼だけがゆいいつの収入源だった。依頼は電話で来ることもあり、手紙のこともあった。手紙のときは、おそらく依頼主も相当の年寄りのようだった。

「この客も古いつきあいだが」

ランプの弱い光で陽炎子が手紙を読みあげると、わるつ先生はそういった。陽炎子は顔をあげ、あいづちをうつ。

「ええ」

「むかしは恋の悩みや仕事の悩みを相談してきたけど、このごろは遺産相続で子どもともめてるらしい」

「占いよりも弁護士に頼めばいいのに……？」

「弁護士じゃ自分の望むようにならんから、私のところにきたんだろ。呪いの依頼だ」

陽炎子はぞくりとして、手紙を落としそうになる。先生はため息をつき、どうしたものかと考えこんでいる。

「年をとると心が狭くなるのかねえ、子どもの中に、自分の遺産を一円たりとも分けてやりたくないのがいるんだと」

「その子を、どうにかしてほしいというんですか」

「表現は遠まわしだがそういうことよ。むかしからこうやって、恋敵を見えないところに飛ばしてほしいとかいってきたもんだ。そのときは、魔女に依頼するなんて反則までして叶《かな》えたい恋があるのだと、欲望の深さに共感するところもあって手伝ってやったが」

わるつ先生は病みあがりでひとまわり小さくなったように見える肩をさすり、

「こっちはもう、そんな欲深さにつきあう体力はない」

陽炎子は身がまえる。わるつ先生のつぎのせりふが読めてしまった。

「あんた、やってみるか」

「あ、わ、わたしは」

老いた魔女の、なんという目の力。わるつ先生に見すえられると、陽炎子は自分が内側からランプのように光らされてしまう気がする。体のどこにも嘘がかくれる場所がなくなる。見つめられているところの皮膚が熱い。

「びびっているね」

「だって先生、わたしは」

「あんたには向かない。わかってるさ」

「すみません、すみません」

「なにを謝る。あんたはそれだけいい種だったし、育った環境もよかったってことだ。親に感謝するんだよ」

陽炎子は目をあけられない。

「まだ教えてないことのおおさに、めまいがする。何度もいってるね」

「はい」

「呪う技術のことだ」

「はい」

知ってはいるが、じっさいには試みたことのないその数かずの方法のこと。

「材料や技術は書いてあるとおりのことだ。しかし知識だけでは呪いはできない。術者はつねに依頼人よりも大きな欲望や怒りを知っており、自在にそのエネルギーを呼び出せなければならない。さもなければ、招喚したものに負けて逆に操られてしまう」

陽炎子は震えがおさまらぬ肩を抱く。

「あんたは怒らない。あんたは欲がない。お人よしで、みんながすきだ。あんたみたいな魔女は見たことがない」

「すみません、ごめんなさい」

「あんたを見てると、自分が時代遅れだってことをつきつけられるよ。ほんとに、あんたって子は――」

わるつ先生は困ったような、おかしいような、うれしそうな、さびしそうな、いままで陽炎子に見せたことのない表情をしていた。

「新しい時代の魔女だと思うよ」


書物だけでは生きた知識は身につかないからと、わるつ先生は手紙の依頼を引き受け、呪いの仕事を陽炎子に見せた。

陽炎子はわるつ先生の背後で儀式に立ち会いながら、目にしているもののあまりのまがまがしさにぐあいがわるくなり、何度も気を失いそうになった。そのたびに、わるつ先生が体力をふりしぼって、弟子に見せるためにさいごの儀式をしてくれていると自分にいい聞かせ、脚や腕をあざになるほどつねりあげながら目をひらきつづけた。

人を呪うこと。人を傷つけ、なきものにしたいと望むこと。

それはとりもなおさず自分に向かってそうすることだと、どれだけの人間がわかっているだろう。魔女はそれを知りながら術を行う。依頼人も業を負うことを逃れられないが、依頼を請け負った魔女もまた業を負う。

吐き気に口を押さえながら、もうろうとした意識の中で見つめるわるつ先生の背中には、長年なりわいとしてきた呪いによる深いふかい業が、天井をおおうほどの巨大な黒い炎となって燃えあがっているのが見えた。まぼろしの炎だ。

わるつ先生は、自分が死んだら地獄へ行くと思ってる。陽炎子はいつのまにか、両目から涙を流していた。わるつ先生が焚《た》いたらしいなにかが、目を刺すように痛めつける。どろどろした涙の中で、本物の煙とまぼろしの煙が重なりあって、陽炎子には見分けがつかない。座っていることもできず、陽炎子は横たわって荒く息をしながら儀式を見あげていた。

先生は、こんなにいっぱい呪いをしてきた自分だから、そうなるに決まってると思ってる。とうぜんの罰だと思ってる。わたしはちがうと思う。わたしは先生が死んだら地獄に行くと思えない。人生のかぎられた時間を使ってこんなにまがまがしいことをしている、それだけでじゅうぶんに先生は、自分のしていることの罰を受けている。もう、じゅうぶん先生は傷ついている。もう、罪は償われている。清算されている。

儀式が終わったあと、わるつ先生は急速に衰えていった。術に使った道具を片づけることもできず、その場に倒れこみ、陽炎子にベッドへ運ばれたまま寝たきりとなった。

「術は失敗した」

ある夜明けに、わるつ先生は小さな声でいった。壁にもたれてうとうとしていた陽炎子は目覚めて、湯冷ましをわるつ先生の唇に近づける。

「いまなんていいましたか」

「術は失敗したといったんだよ。あんたがじゃまをしたからだ」

「ええっ?!」

陽炎子は眠気も吹きとび、小さな三脚いすのうえで身じろぐ。

「わたし、なにをしましたか」

「背後から、なにやらぶつぶつ念を送ってきたろう」

「ええと」

陽炎子は床に落ちていたひざかけをひろい、太ももにひろげる。

「あ……あれですね」

「なんだ」

「先生の背中から、真っ黒な火柱がのぼっているのが見えたんです。天井にとどいて、いっぱいに燃えひろがって……」

「見えたかい」

「その炎の中に、黒くつやつやした一本道が見えました。はるか地の底につづく道……先生が、死後に行くと決めている地獄への道だと思いました」

「行くと決めてるんじゃない、行くに決まってるのさ」

「どうしてですか」

「あんな、胸のわるくなるような、正気の沙汰じゃできない術を何百回としてきた人生なんだよ。たくさんの人間を破滅に追いやってきた。死ぬのを見とどけたのもひとりやふたりじゃない」

「そうやって、悪者を気取ってるんです、先生は」

「なんだ？」

「先生は真剣にあの儀式をすることで、罪をおかすと同時に罰を受けています。一回一回、清算はすんでるんです」

わるつ先生は考えこみ、「ずいぶん独自の解釈だね」

「わたしには、先生は清らかに見えます。死んだら、天国に直行です」

「なんだってええ？」

虫歯が一本もない、きれいな小さな歯をきらきらと見せてわるつ先生は笑った。ふとんのうえから腹を押さえて、おかしくてたまらないというように。

「私が天国に直行だって?!」

「おかしいですか」

「そんなこといわれたのはじめてだよ、頭がおかしいのか、あんた」

「おかしいかもしれませんけど、ここよりいい場所に行くのはたしかです」

わるつ先生はさらに声をあげて笑う。

「うんと年の離れたわたしが先生の弟子になったのは、どういう意味があるんだろうって考えていました」

わるつ先生は笑いすぎて、目じりににじんだ涙を親指でぬぐう。

「地獄に行くと信じきってる先生の考えを変えるために、わたしは現れたんだと思います。ねえ、先生、こんなおそろしいわざも使えば、庭で摘んだドクダミでお茶をいれる、足が冷えるからって湯たんぽに毎晩お湯を入れる、先生という人を見ていて思うんです、人はかわいいって。人は汚れるなんてできないって」

「へえ」わるつ先生は否定も肯定もせずにいう。「そんなふうに思うのか」

「思います」

ふたりは見つめあう。生意気をいってしかられるかと構えたが、わるつ先生の瞳はしずかで、陽炎子の言葉の真意をさぐるように細かに揺れている。

「二十歳の小娘になにがわかる、っておっしゃいますか」

「いわないよ」わるつ先生は即座に答える。「まえにもいったろ、あんたは新しい時代の魔女だって。あんたは可能性。私に見えないものを見る者だ。それにたいする畏敬の心くらいもってるよ」

それから深い、長いため息をつき、わるつ先生ははるかなものに想いを馳せるようなまなざしをした。

「私は清らか、か」

そうです、と陽炎子はうなずいた。


仕事がら魔女は、煮こみ料理がうまくなるよなあ。そんなことを思いながら陽炎子は、真冬の夜明けにシチューを煮る。わるつ先生は肉を食べなくなった。もともと無口な人ではあったけど、ほんとうにしゃべらなくなった。窓辺のいすから空を見ていることが増えた。

かつて書道教室に通っていた子が、飼っている老猫が外に遊びにいかなくなって、窓ぎわや玄関から外を眺めてばかりいると話していたことを思い出す。猫はそれからすこしたって死んでしまった。動物って自分の死ぬときが近づくとわかるんだよ、と、その子は大人の受け売りをいった。

優秀な魔女は自分の中の動物性を扱うことに長《た》けている。動物てきな力とは、人間と自然をつなぐ力。わるつ先生ほどの人なら獣のようにおのれの死期を知っていると思う。けれどそのことを先生も、陽炎子からも話題にすることはない。

「あんた、雪が解けたらこの家を出な」

居間のソファーに寝そべっていたわるつ先生は、向かいのいすで編みものをする陽炎子にふいにいった。

「え」

陽炎子は体を起こし、わるつ先生に近づく。

「遠くに行きなさい。たくさんの人に会いなさい」

「ええと……」

「都会に行くんだ」

「都会ですか?」

「変人がたくさんいるからね」

先生は笑った。陽炎子も笑った。

「自分とおなじくらい心の強い人間と会いなさい。人間の想いがこの世界を作っていることを、ともに学べるような人間と」

「はい」

「まあ、あんたがあんたらしく生きていれば、自然とまわりには変わった人間ばかり集まることになるだろう」

「類は友を呼びますもんね。でもやっぱりわたしの生涯でいちばんの変人は、わるつ先生だと思いますけど」

「いったね」

わるつ先生はのどの奥で笑い、咳ばらいをひとつしたあと、「すこし寒いよ」といった。

陽炎子はわるつ先生のつま先まで毛布をかけなおし、さらにふとんをかける。

「もうちょっとで完成しますからね、先生のくつした。あとで履かせてあげますね」

明けがた、陽炎子の手の中で真っ赤な毛糸のくつしたができあがった。バスケットに入れていたもう片方と重ねあわせて、大きさを確かめる。陽炎子はわるつ先生の足もとの毛布をめくり、やせて小さな足に履かせようとした。

「あ」

足首へ、すねへと手をすべらせる。先生の肌がどこまでいっても冷たい。

陽炎子はへなへなとひざまずき、ランプの明かりをぼうぜんと眺めた。そしてはっとしたように、先生の足にくつしたを履かせにかかる。左足、そして右足。やせた足の先に灯《ひ》がともったような赤だった。できたてのくつしたに包まれたふたつの足を胸に抱きしめ、陽炎子はつぶやいた。

「わるつ先生、ありがとうございました」


冬のあいだは、家のまわりの枯草も荒れた庭も雪がかくしてくれていた。雪のうえには白樺《しらかば》の木が四、五本すいすいっと出ているくらいで、青い三角屋根の家は遠目にはむしろ素敵にさえ見えた。

しかし雪が解けてくると、さびれているのはごまかしようもない。近年はこのあたりにも新しくてしゃれた家が建つようになり、倉田わるつ邸は見るからに浮いていた。子どもたちのあいだでおばけ屋敷ともうわさされているらしく、玄関のベルを鳴らしては逃げるいたずらも数回あった。それでも陽炎子は家を離れることができず、わるつ先生の遺品を整理したり、また取りだして眺めてみたりと時間が止まったような日々をすごしていた。

思いきって家を改修しようか。壁を塗りなおして、屋根もふき替えて。庭もぜんぶ畑にしてしまおう。近所の人が見てこわがらないように。好感をもたれるように。

いい考えだと陽炎子は思った。町の工務店に相談にいこうと、晴れた午後、春物のコートのうえにショールをまとって家を出た。雪解け水でぬかるんだ庭に出るなり、あまりのまぶしさに目がくらんだ。ひたいに手をかざして見渡すと、視界いっぱいに土からたちのぼる陽炎が揺らめいていた。生きているような陽炎、ひとすじひとすじが透明な蛇のように、空をめがけてもつれあっていた。

——そうではないよ。

「え？」

——そうではないよ。

声が聞こえるようで、陽炎子はあたりを見まわす。答えはなく、人の背にもとどきそうな陽炎が立ちはだかるばかり。

いつも「あんた」と呼びつけて、生きているあいだついにいちども名前で呼んでくれなかったわるつ先生が、「陽炎子」と呼んでくれていると感じた。

「先生」

陽炎子は空をあおぎ、白樺の梢を揺らす春の風を見つめた。

「——春になったらここを出ていく、でした」

魔女と魔女の約束。わたしはここを去ること。わるつ先生はここよりもよい場所へゆくこと。

陽炎子はポケットの中の鍵に指先で触れながら、地面がゆであがっているような陽炎の中に立つ。このさき、なにが起こるかまるで予測がつかないが、きっとわたしは、心の熱い人に、たくさん、たくさん、出会うだろう——と、陽炎子は思った。

6. みほと久美と明日太郎、そしてバージンパンケーキ

パンケーキ店へと自転車を走らせるみほの、胸の生徒手帳がプルルと振動した。信号で止まって手帳をひらくと、「花火明日だね」という件名で久美からのメッセージがとどいていた。

「うちのおばあちゃんちベランダから花火よく見えるよ。予定なければ見においで」

夏休みが終わるまえにもういちど久美と話したいと思っていた。久美もそう思ってくれている！　みほはすぐに返信する。

「ありがとう、行きます。明日太郎も来るの？」送信。

またすぐに返信が来る。「みほだけ」

「行く！　買ってきてほしいものは？」

「親がいろいろ用意するみたいだからいらないよ。からだひとつでおいで☆」

からだひとつでおいで。みほはつぶやく。いい表現だな。

「からだひとつ、からだひとつ」

見送った信号がまた青になり、しけて重たい空気を切り分けるように、みほはナイフのような銀色の自転車をこぎだす。

翌日みほと久美は駅で落ちあうと、商店街をぶらぶら歩いて久美の祖母のマンションへと向かった。久美はゆかたで来た。紺地に白と赤の朝顔のもようが爽やかで、みほは駅でそのすがたをひと目見るなり、久美に吸い寄せられるように改札を抜けたのだった。

「きれいだよ……ちょうにあうよ」

「みほも着てきたらよかったのに」

「着付けできないもん」

「おばあちゃんできるよ。もっておいでっていえばよかったねえ」

花火大会当日だけあって、通りにはゆかたすがたの男女がいっぱい。でもいちばんきれいなのは久美ちゃんだなと、みほは道をすすむごとに確信を深める。

「明日太郎、ゆかたの久美ちゃん見たかったと思うな」

「みほだってイヤリングにあってるよ。めずらしいね」

みほは陽炎子にもらった、大粒のペリドットのシンプルなイヤリングをしていた。陽炎子によればこのふた粒はペアで、左右の耳につけることで陰陽のバランスをとり、その人の女性性と男性性を調和してくれる……という説明だった。

「もらったの」といって、みほはあわててつけたす。「あ、明日太郎じゃないよ。お客さん」

「そのことだけど」

久美はみほの手の指先をきゅっとにぎり、「水かけたりしてごめん、ほんとにごめんね」

みほがびっくりしていると、久美はたちまち顔をくしゃくしゃにしていう。

「あのあと困ったでしょ、かっとなってごめん」

「泣かないで、お化粧とれちゃうよ」

「いいんだ化粧なんか、あー」

久美はがまぐち型の手さげバッグからティッシュを取りだし、はなをかむ。

「三人でつきあおうとか、いきなりいうんだもん。頭おかしいんじゃないのみほって。だってありえないでしょ」

ありえないか。みほはだまって苦笑する。言葉で答えずに苦笑してみせるのは、まぶの影響かもしれなかった。

「なんだけっきょく、みほだって岸のことすきなんだ、あたしをだましてたんだ、ってぐるぐるしちゃって、しばらく冷静になれなかったけど」

久美はマスカラがにじんだ目でみほを見つめる。

「でも、そもそもはあたしみほのそういうところがすきになったんだって思い出して。

ほかの子とちがうなって」

久美がいっしょうけんめい言葉をさがしているのがわかる。みほは待つ。

「一緒にいると自由な感じ……？」

ぽつりと久美はいった。魚の口から真珠がこぼれたようだった。

「ずーっとまえに、こんな気持ちで遊んでたことあったよ、って記憶が——ほんとにほんとに、幼稚園よりまえかもしれない、そんなときのことがなつかしくよぎって」

久美は赤い鼻緒の下駄《げた》を見おろしていう。

「みほはあたしを自由な気持ちにさせてくれる、けど焦らせる。みほはあたしを焦らせる」

「あたしが」

「みほはふしぎだよ。あたしのこと、いまのあたしのままでいいんだーって感じさせてくれるのと同時に、いまのままじゃだめだって気持ちにもさせる。なんなの？」

そんなこといわれたって困るよね、と、久美は肩をすくめた。

「あたし、みほが岸とつきあうみたいに岸とつきあいたかった。でもあたしだとみほみたいになんない……」

「あたしみたいになろうとすることないよ。久美ちゃんは久美ちゃんのやりかたで、明日太郎をすきでいてほしいんだ。だから三人でつきあおうって」

久美は顔をひきつらせながら笑う。「ハハ、三人、まだそれいうんだ」

みほは雨の夜に明日太郎に話したことをもういちど久美に説明した。

「つまりあたし、久美ちゃんと明日太郎がキスしたのどうしたのこうしたの気にしてるうちに、自分もしてみたくなったのね」

「そういうこと、よく真顔でいえるねあんたは」

「あたしにとってはその相手は、明日太郎なのが自然なのかなって思った」

「それがあたしを傷つけるんだってば」

久美はみほの頬を、軽くぶつしぐさをする。

「三人でつきあえばいいなんてかんたんにいっちゃう、その心の広さが、さらに傷つけるんだってば」

みほはだまって、久美を見すえたままでいた。ここで謝ったらまた傷つけてしまう気がした。

「でもみほのそういうところがすきで、あたしどうしようもないよね、マゾなのかな」

久美は鼻をすすりあげる。「岸がさ」

「うん」

「みほのこと話すとき、呼びかたどんどん変わるね」

「みーくんとか、みー公とか」

「うん。みほ。みーくん。みほくん、みー公……みーこ、みんみん、みーにょん」

「みんみんとみーにょんあたり、あすたろのお母さんだな」

「岸もいってるよ」

久美はふっと笑う。「あだ名の数は愛の量かなあ」

「そうかな」

「うちでむかし犬飼ってたんだけどねえ。ロッキーって名前だけど、どんどん変わってくんだよ。ろっちゃん、ろってぃー、ろっぺー、ろろすけ、とんすけ、とっくん、とっちー、ぺろてぃー」

「とんすけのあたりから、原形とどめてないけど」

「だからたまに獣医さんに『ロッキーくんは～』なんていわれると、あ、この子正式名称ロッキーだったんだ、って新鮮で」

「可愛がってたんだね」

「家族みんなでね。うちの末っ子って感じで……」

わかるよ、と、みほは心の中でつぶやく。リトフェットとロイリチカを、さまざまなものにたとえたくなったあの気持ち。モンシロチョウ、小かぶの精、天使……バリエーションは愛なんだ、明日太郎があたしをたくさんの名前で呼び、久美ちゃんちの犬の呼び名がどんどん変わっていくように。

「たぶんそのうち、久美ちゃんをいろんな呼びかたするよ、あたしたちも」

その言葉を聞くと久美はよろめくようにみほから離れ、タイミングよくふわーっと口をあけた自動ドアから、スーパーの店内に入っていってしまう。

「どこ行く」

「トイレで化粧落とす。もうめちゃくちゃ」

泣いているのか、久美はみほをふりむかずに店の奥に消えていく。そしてすっきりとすっぴんで——学校でもほとんど見せたことのないほんとうのすっぴんでもどって来たとき、会計を終えた客が商品をバッグに移す出入口のスペースで、みほは焼き鳥の串を横に引いて食べていた。家で肉料理が出ないみほは、五人グループで遊びに行くときも、久美たちがちょっと目を離すとひとりで焼き鳥やからあげを買い食いしていることがある。

口をもぐつかせているまぬけな顔のみほを見た瞬間、久美は笑いくずれ、みほの首に腕をからませ、ヘッドロックをしかけてくる。

「鳥食ってんなよ、おめーはっ」

久美はけらけら笑って、みほの首をしめつける。みほのイヤリングの屈託のないグリーンの輝きが久美の目に飛びこんでくる。みほにぴったりだ、と思う。

「あぶない、串、串」

「みほ、三人でつきあってみっか！」

「へっ」

「あたしが、たぶんすぐに耐えられなくなってやめそうだけど、それまでやってみっか、ねえ」

「ほんと？　久美ちゃんっ」

食べものの匂いが次からつぎへとただよっては消えていく商店街を、いよいよ混みあってきた花火の見物客のあいまをぬうようにして、ふたりはマンションに向かった。

というか、ほんとは、ふたりのあいだにあたしなんかを入れてくれて、ありがとう。

久美はそうつぶやいたが、通りのにぎわいにかき消されてみほの耳にはとどかなかった。

＊

丑松飛朗《とびろう》は寝ちがえた首が痛くてたまらず、いてもたってもいられなかった。

冷凍庫の氷を取りに台所と居間のソファーを往復するにも、首を右にしか向けられない身では家具や荷物にいちいちぶつかり、つまずく。危険な部屋に住んでいることに、体の自由がきかなくなってみてはじめて気づいた。

首が治ったらまっさきに片づけなくちゃ。

丑松は心に誓う。

しかし日曜のきょうは病院もいきつけの整体も休みだと気づくと、打てる手のすくなさに焦ってくる。丑松はとにかく出かけてしまおうと決めた。近所の人に会ったらばつがわるいなー、などとぶつぶついいながら歩きだすと、道には人の気配がまるでなかった。こりゃあいいね。

上半身を直立させ、しばし通りをゆく。しかし人っ子ひとりいない道ってのは味気ないもんだね、だれか来ないかな、と、さっきとうらはらなことを思う。

「ほんとうにしずかなんだなあ」

タクシー一台、自転車一台通らない道をもくもくと歩き、丑松は思わずつぶやいてしまう。

痛くて顔はあげられないが、道の左側の団地のベランダで、干した洗濯物が揺れているのが視野のすみにひらひらしている。見慣れたいつもの光景なのに、道という道はがらんとして、犬いっぴき猫いっぴき通らない。からすの鳴き声もない。空にはこんこんと雲があふれ、どこかに雲の吹き出し口でもあるかのように新鮮な雲がなみなみとただよってきている。

そうか、生きてるもんがいないんだ。道路ぞいにならんだプランターにはあざやかなコスモス。民家の庭木や植木鉢の草花、空き地にぼうぼう生えた草も健在で、「ふむ。植物はある」と確認する。人間と動物がいないんだ。

「おーい」丑松は声を出してみた。まずふつうに、そしてつぎは大きな声で。

「おーい！　おおおーい！」

これはほんとうにおかしなことになっているのか？

「どこ行っちゃったんだよー、みんなあ」

網戸からリビングが透けて見える家があり、丑松は網戸をからからとあけて室内をのぞきこむ。

「おーい、いませんかー」

返事はない。

「おかしいなぁ、おかしいなあほんと」

ぶつぶついいながら歩きつづける。ウエストポーチにカメラを入れていたのに気づき、この奇妙な風景を撮っておこうとカメラを構えた、そのとき。

「あれっ」

ファインダーの中に見慣れない店が入っていた。カメラを顔から離すと、そこには白い土壁に古めかしい引き戸、飴色をした一枚板の看板がかかっている。

「ええっ？　ありゃなんなんだろ」

丑松は駆けよって看板を読む。

「バージンパンケーキ国分寺」

あけ放った戸からは、木の家具、木の壁の落ちついた店内が見えた。そして扇風機のやわらかな風にのったバターの甘い香りが、丑松の鼻先までふくらんできた。

「ふわあ」

思わず、腰を抜かしそうになってしまう。

「夢か、これは夢かな」

目をこするも、そこには清楚な白壁と甘い香りがあるばかりなのだった。


きつねにつままれたような顔つきで、男が目をきょろきょろさせながら入ってくる。店の真ん中あたりまで来て手近な席にへたりこむ。水を運んできたまぶにたずねる。

「このお店、まえからここにありましたっけか」

まぶはほほえみ、「新しくはない店です」

「そう……だよねえ、そうだよねえ」

「ええ」

「いつもこのあたり散歩するけど、きょうはじめて気づいたなあ。あなたおひとりでやられてるの？」

「いえ、夫とふたりで」

「はあ、ご主人と」

「はい。いまちょっと出てますけど——あの、首、どうかされたんですか？」

「寝ちがえちゃってね」

　まぶは男の上半身をだまって見つめている。

「右っかわばかり見ながら来たら、この店が目に飛びこんできてさ」

「首を痛めたのはあれですけど、うちを見つけてくださったのは、よかったです」

「けがの功名と思いたいね」

「……ちょっといいですか？」

　床にとどくほどのロングスカートで音もなく間合いを詰め、まぶは丑松の前で背をかがめる。

「首、触らせてもらっても……？」と、まぶ。

「えぇっ」

　丑松はどきりとして、乙女のように胸の前で腕をクロスしてしまう。

「ほんの軽く、ですから」

「マッサージかい？　効かないよお」

　丑松が笑った瞬間、まぶは両手を添えた首をわずかな力でふっと傾け、かすかにねじるしぐさをした。そしていつ離れたかわからぬほどのしずかさで手を離す。

「……あれ」丑松は首をまっすぐに起こす。「あれっ、あれっ」

こわごわと、左側に顔を向けてみる。

「どうでしょう？」

「いた、くない」

「よかったですね」

まぶはそよそよとカウンターにもどっていく。

丑松はぼうぜんとその後ろすがたを眺め、

「えーっ、ほんとに痛くなくなっちゃったよ！　朝からずっと、ほんのちょっと動かしても激痛だったのにさあ——あなた、こういうお仕事もされてたの？」

まぶはカウンターの中で、首を横にふってほほえむ。

丑松ははたと思い出す。

「そうだ、きょうはなにかあるのかな」

「なにか」

「外にだれもいなくってさ、おかしな日だよ。みんなどこに行ったんだろう」

「そんなに人がすくないですか」

「すくないどころか、だーれもだよ。しずかすぎて不気味だったあ。通りを見てごらんよ！」

まぶはカウンターからふたたび出てきて入口へ向かう。通りに顔を出し、右見て左見て、だれかに向かって手をふる。

そして丑松をふりむき、「うちの人、帰ってきました」

あけ放った引き戸の中に、長身の男の影がふっと見え――どんな人だろうかと丑松が目をこらしたつぎの瞬間、耳もとで「バチン！」と、大きな音が響いた。

それは、脳内でなにか爆発したんじゃないかとこわくなるほどの音で、丑松は頭が真っ白になり、目をしばたたかせる。すぐそばに人の気配がして、見ると、エプロンすがたの少女が丑松の横に立ち、古めかしいリモコンを入口わきの扇風機に向けていた。

「毎度すっごい音しますね～、この扇風機」と、少女はのんきな口調でいい、こちらに同意を求めるように笑っていう。

え、この子、さっきまでいたか？

そして――だれかがいなくなった気がするんだが？

丑松は面食らい、少女の賢そうな目もと、ショートヘアからすっきりと見えている耳を見た。

丑松のおどろきも意に介さぬように、少女はテーブルに水の入ったグラスをおき、国分寺市の市報を手に取っていう。

「いやー、すごいですよね銀賞なんて」

と、澄んだ声でいわれると、奇妙な感じはたちまちうすれ、ずっとこの子は近くにいたような気もしてきた。市報もたしかに自分が家から持参したものだった。「夏の国分寺」がテーマの市民写真展に、このあたりの町なみの写真を応募したところ、銀賞に入選して市報に掲載されたのだ。

それを、この行きつけのパンケーキ店の人びとに見せたかった。

そうだった、そうだった、と、丑松は、自分がここにいる理由がわかってやっとすこし安心する。

「ねえまぶさん、銀賞って二番めですよね、市で二番め。すごくないですか？」

少女があんまり晴れがましい感じでいうので、面《おも》はゆいったらない。丑松はもじもじと打ち明けてしまう。

「いやあの、銀賞ってのは最優秀賞、優秀賞、市長賞、金賞の次で、銀賞はふたりだから、僕は実質五番めか六番めってところなの」

「そうなんですか？」少女はきょとんとしている。「でもやっぱすごいですよ！」

「みほ、お願い」

カウンターから女店主の声がして、「ミルクカレー・アンド・ナッツバスケット」パンケーキがカウンターに現れる。少女はそれをうやうやしく丑松のテーブルへと運ぶ。

「あっ、ナッツで『祝』って書いてる！」丑松は声をあげる。

「銀賞おめでとうございます」と、まぶ。

「ございまーす！」と、みほ。

「ね、ね、わたしにも銀賞のお写真見せて」

カウンター席の陽炎子がそういうと、みほは丑松さんから市報を借りて銀賞・銅賞のページをひらく。

「ちょうどこのへんの道ですよ」と、みほ。

「じゃあお店写ってるんじゃない？」と、陽炎子。

「あ、えっと」

みほは、陽炎子の胸の前にひろげられたページをもういちどよく見る。丑松さんの写真は、たしかにこの店の前の通りなのに——バージンパンケーキがない。

「あれっ?!　このお屋敷のとなりのとなり、お店ですよね」

みほは市報をうばいとるようにして、写真をガッと顔の真正面にもってきて見入る。

「ない、おかしい」

みほは助けを求めるようにまぶの顔を見る。

「まぶさん、これ！　見てください」

みほはまぶに市報をつきだす。まぶはみほを見つめてだまっている。

「まぶさん」

まぶはみほからゆっくりと目をそらし、陽炎子を見た。

まぶは陽炎子と見つめあい、たがいになにもいわずにうなずく。

「どうしたんですか、ふたりとも。写真がおかしいんですよ」

そういったせつな、みほは思わず、ぶるっと身震いした。そして気づく。

ここは、おかしい。

バージンパンケーキは、おかしな店だ。はじめから、なにもかもが。

くもりの日いがいは、地図を見ながら歩いてもたどりつけなかったこと。

くもりになると、さっきまでなにもなかったはずの場所にこつぜんと現れること。

入口のベルが、出入りする人によって鳴ったり鳴らなかったりすること。

しかもそれがバージンセンサー。

壊れているのかなんなのかわからない有線チューナー。

ロイリチカの方位磁針がぐるぐると回転しつづけていたこと。

こうしたふしぎは、気になったそのときは考えてみるものの、店を出ると忘れてしまったり、つきつめて考えようとすると頭がぼんやりしたり眠くなったりした。いまはじめて、この奇妙さに意識の焦点をあわせつづけることができている。

あたし、いったいどこにいるんだろう。

ひとつの結論がみほの頭の中に響きはじめる。

え？　え？　え？　え？

みほは店の中を見まわす。まぶと陽炎子がみほを見つめている。

「まぶさん」

この考えを口にしようかするまいか、みほは迷う。いってしまえばとりかえしのつかないことになりそうだった。

「なあに、みほ」

まぶはみほを見つめかえす。その目は羊のようだった。なにを考えているのかわからないよ、まぶさん。陽炎子さんだっておかしい。この店はこんなにへんなのに、あたりまえという顔でいつも座っている。

「まぶさん、もしかして、この店は、ほんとうには」

まぶは誘うような、吸いこむような瞳でみほを見つめる。陽炎子はカウンターのうえに手を組んで、なにかを待ち受けるように目をつむる。

「ここにはない、んじゃない？」

みほがそういうと、見たことがないくらい、まぶははっきりと笑った。

薄い口紅の、小さな口がうれしそうに弧を描いて、目じりにきゅっとしわをよせて。

まぶがなにかいったが、みほには聞きとれなかった。その口もとは「ありがとうみほ」と動いたように見えた。

つぎの瞬間、みほは足もとから吹きあげる突風に息をのみ、両手で顔をおおった。

「うわ」

エプロンもスカートも強風に巻きあげられて、パンツまで脚がむき出しになったような感じがして、ギャーッとさけんでエプロンを押さえると、みほは自分が、夜の草原の真ん中に立っていることに気づいた。

まわりにはだれもいない。バージンパンケーキも、近所の家や町なみも、なにもない。ひざ丈の草が満月の光に黒ぐろと輝き、そよそよと揺れている。

みほは荒い息をして立ちつくす。見おろした自分の体は、制服にエプロン、白いソックスに赤いスニーカーで変わりない。まわりだけが一気にすべて変わってしまい、まるでべつの星に飛ばされてしまったかのよう。

ぽかんとあいた口で、やっとのことでつぶやく。

「まぶさん」

こうなる直前のことを思い出そうとする。

パンケーキ店のカウンターを挟んで、まぶと話していた。

「この店は、ほんとうには、ここにはないんじゃない?」といった瞬間、まぶはくっきりと笑った。一瞬ののちには、見慣れたものすべてが消えた場所にいた。

「まぶさん！」

わけがわからず、よろよろと草のうえを歩く。草は風に忠実に揺られて、どのあたりをどの方向に風が吹いているかが遠くまで見渡せた。草原をかこむ闇はどこまでも黒く、街の明かりのかけらも見えない。

「まぶさん！　陽炎子さん！」

店がなくなっちゃった？

ここはいったいどこの、いつの夜なのだろう。草むらをゆくうちにスニーカーのつま先はぬれ、ソックスに水がしみてきた。すねにぴしゃぴしゃとあたる夜露が冷たい。

外国のコインのような満月に照らされて、みんなの名をさけびながらみほは歩いた。自分いがいのだれかの顔を見なくちゃおかしくなってしまいそう。みほはエプロンを脱ぎ、三毛猫の、大福のような太った顔を見た。家族や明日太郎の顔がいいけどぜいたくはいえない。エプロンに描かれた猫のキャラクターの顔でいい。

バージンパンケーキ国分寺は消えちゃった？

まぶさんは？　店のみんなは？

草原はゆるやかに傾斜していて、おりてゆくみほの歩幅は大きくなり、加速していった。足首にからまる草をひきちぎりながらぐんぐん歩く。

まぶさんが、あの日、日付をまちがえたりしなくて。

きちんと三月三十一日のうちに、盛さんに電話することができていて。サラリーマンをやめた盛さんとシスターをやめたまぶさんが、ふたり一緒にはじめたバージンパンケーキ国分寺が、この宇宙のどこかにあるんだとしたら。

みほは無人の夜の草原を歩きながら、納得できる答えをさがす。

あたしが出会ったバージンパンケーキは盛さんがいないバージョンだけど、まぶさんがお店の成り立ちを語ってくれたとき、まぶさんの横に盛さんが立っている光景をとても自然にイメージできた。写真みたいに。あんなにクリアに想い浮かべられるものが、存在しないなんて思えない。あたしの想像力は、この世に影も形もないものをはっきり想い描けるほど、そんなたいしたものじゃない。ふたりの店はどこかにあるんだ。その店はきっと近い。目には見えない、もうひとつの幸せな店の気配をまぶさんは感じながら生きてきた。ふたつの店は近すぎて、ジリジリと干渉しあうように現れたり消えたりしながら、ひとつになることができないでいた。

まぶさんの、あの笑顔。たぶんまぶさんは、店の奇妙さに気がつく人を待ってた、長いこと。陽炎子さんも一緒に。お客さんのだれも、なんの疑いもなく通っていたけど、あたしだけはなぜか気づいてしまった。

あたしが気づいたことで、盛さんがいないバージョンの店は、盛さんがいるバージョンの店と、線路が重なるようにひとつになれたんじゃないか。

そこでは、盛さんもまぶさんと一緒に日替わりメニューを考えてる。くもりの日だけじゃなくて、どんな天気の日にもお店はあいているんだ。目に見えるようだよ！　盛さんがコーヒーをいれる。盛さんが打ち水をする。盛さんがいたらあのへんてこなチューナーはどんな曲を流すんだろう。

「まぶさん！」

まぶさん、うまくいったの？　盛さんに会えたの？

みほは心の中でさけぶ。

まぶさんと盛さん、ふたりそろった幸福な店に、あたしたちはいますか？　あたしと明日太郎、久美ちゃん、陽炎子さんや丑松さんがいたらいいな。

みほの鼻先をかぎ慣れた香りがかすめた。すみれたばこの匂い、と、みほは目をとじてみる。まぎれもない、カウンターの中にいつもかすかにたなびいていたその香りは、まぶからの返事のように思えた。鼻の奥を撫《な》でるようにおりてゆく深い甘みは、ありがとうみほ、そういっているかのようだった。

長く生きているとおかしなことが起こるわ、と、みほはひと息に百年も年をとったような気分になる。そして、こんなみごとな草原なんだから虫の声くらい聞こえてもいいのになと思う。すると数歩もゆかぬうち、近くで小さく「チリリリ」とすず虫の声がした。

そうそう、そうでしょ、そうこなくちゃ。

全能感のただなかで、みほはどうどうと歩いた。「あたしはガリバー」みほはつぶやき、両腕をひろげ、過ぎてゆく草のうえに十字の影を落として大股でゆく。「いい風よ吹け」とさらに命令してみる。するとひとすじの風がふわりと頰のうぶ毛を撫ぜ、それを皮切りに夜の気配、草の呼吸を乗せた風が夏服から出た手足につぎつぎと触れ、流れていった。新たな王を歓迎するかのように。

なつかしい、この感じ。

心がすべての、この感じ。

人っ子ひとりいないこんな秋の野原を、いつか明日太郎と歩いたことがある気がする。こんな圧倒てきな草原はふたりの育った街にはないし、そこを一緒に歩いたことなどふたりの歴史にいちどもなかったはずなのに、こんなにも心にしっくりくるのはなぜ？ありありと覚えているのはなぜ？

きっと、こんな場所に住んでいるあたしと明日太郎が、いるのね。ふたりとも名前はちがうかもしれないけど。人によってはこんな感じを前世の記憶なんて呼ぶのかも。

とても自由で、なんでもできて、思ったとおりに風を呼べる、そんなところをあたしは知ってる。そこにくらべたらいまあたしが暮らしているのはずいぶん窮屈なところ。もう半分体は、男か女かのどちらかに分かれて……力が半分になってしまったみたい。もう半分の力を知るためにいろんなことをするんだ、恋したり、愛したり。素敵なこともあるだろうけど、ぶざまなことも、恥ずかしいことも、醜いこともたくさん。あたしにもそれが始まってしまった。

みほは立ちどまり、ひざをくたりと折って草むらに倒れた。

あたりを包む虫の声。

うとうとしていると、頭上から「みーくん」という明日太郎の声がした。

「迎えにきたよ。こんなところに寝て」

近づいてくるざくざくという足音と、いつもの声にみほは笑った。これから味わうだろうもろもろのことも、明日太郎となら、いいや。

ここにはまた、いつでももどって来られる。ここはいつだってあたしたちを待っている。

「わかってたよ、あんた来るって」

みほは満足し、声に背を向けたまま安心して意識を失う。

明日太郎が迎えにきたというこの安らぎも、かつていろいろな場所で数えきれないほど味わったことがある気がする。ひたすらのなつかしさの中でみほは目をとじた。

＊

公民館の市民サロンは、前日まで市民の通夜と葬儀に使われていた。まだ線香の香りが薄くただよっている。

みほと久美と明日太郎は、冷房のきいた広いサロンに島のように点在する四人がけテーブルに座り、だらりと突っ伏していた。テストはきょうが最終日で、さいごの二教科を終えた三人は抜けがらになっている。

久美をいつもの公民館につれてくるのははじめてだった。エントランスに入るなり、久美は「線香の匂い落ちつくわー、おばあちゃんちみたい」と、目を輝かせ、みほと明日太郎はつれてきてよかったとほっとした。

コーヒー、アップル、ヨーグルトの三つのジュースブロックが飲みかけのまま放っておかれて汗をかいている。明日太郎はコーヒーのブロックをテストの問題用紙のうえにおいていた。水滴がわら半紙の色を濃くしてにじんでゆく。

みほはパッと起きあがる。「あ、あたしいいものあるよ」

「どうした」久美と明日太郎は伏せたまま、顔だけみほに向ける。

「ふたりとも腹減らない？　パンケーキ焼いてきた、明けがたに」

「よくそんな時間あったね、一夜漬けで」と、久美。

「気分転換に夜食作ろうと思って、ついでにおおめに焼いたの。見よ、四枚がさね！」

と、バッグの底から取りだした布に包まれたそれは、あきらかにつぶれているのが見てとれた。「みーくん……」と、明日太郎がうめく。

「へへ、教科書のしたになってた」

布をひらくと、ラップに包まれたパンケーキが出てくる。

「あ、色はきれい。おいしそ」

と、久美が体を起こす。

「あす、窓口行って包丁借りといで」

みほが水滴だらけのラップをめくると、しっとりとした黄色のパンケーキが息を吹き返してふくらむように見えた。明日太郎が借りてきた包丁で、みほは円グラフのように三等分に切る。そしてふたりがパンケーキに手を伸ばすのをよしよしと見守る。

ひとくち食べて、おいしい、と久美が笑う。ずっと横で見てて覚えたまぶさんのレシピだもん、とうぜんだよといいたくなるのをみほはこらえた。

バージンパンケーキ国分寺は、くもりの日にも現れなくなった。

久美も明日太郎も、一緒に行っただれも、バージンパンケーキのことやそれにまつわるできごとを覚えていない。リトフェットとロイリチカのメールも、丑松に撮ってもらった写真も、陽炎子にもらったペリドットのイヤリングも消えてしまった。市民サロンで顔をあわせた丑松にあいさつしたら、君、ここで時どき見かけるけど、はじめてあいさつしたねという反応だった。

手もとに残ったのはみほが自分で買ったエプロンと三角巾、そして、練習をしてちょっぴり上達したパンケーキ作りの腕前だけ。

ここは、バージンパンケーキ国分寺が、もともとなかった世界なのかもしれない。この世界では、みほの中だけにしかあの店は存在しない。

エプロンと三角巾は、鼻を押しつけるとほんのかすかに店の匂いがする。みほはそれらを密封できるふくろに入れ、眠るまえにそっと取りだして香りを確かめている。バージンパンケーキでのひと夏は、たしかに経験したことだ。この先の長い、長いということしかわからない人生の中で、落ちこんだり大切なものを信じられなくなったりしたときに、こうして匂いをかぐだろうとみほは思った。

パンケーキをほおばるふたりを眺めていたみほは、いいことがひらめいてさけぶ。

「これだー!」

「な、なにがだよ」

いつも唐突なんだから……と、明日太郎がぼやく。

みほは三等分したパンケーキをかかげ、「これ、この百二十度ずつってことだよ、あたしたちは」

「百二十度？」と、久美。

「円の三百六十度を三人で割ったら、百二十だわな」

あたりまえのようにいうみほに、明日太郎と久美は顔を見あわせる。

高尾山ゆきの朝、リトフェットとロイリチカと三人でハグをした、あの感覚がよみがえる。いま思えばあのとき、三人でつきあえる、これはいけるという予感は確信に変わったのだった。バージンパンケーキの思い出の中でいちどは断られたアイデアだったが、いまもやはり、自分たちにはそれしかないと思う。

みほは自信に満ちていう。

「三人でつきあおうってことだよ！　ちょう名案じゃない？」

「…………」

「…………」

「どうかな？」と、みほは絶句しているふたりの顔を見る。「三人でハグして、三人でキスするんだよ」

「こう……三等分したパンケーキみたいに、三人で顔をくっつけて、キスするってわけね？」

久美がその場面を想い浮かべつつ複雑な表情で問うと、みほはうなずく。

「そうそれ！」

明日太郎はどこか満足げにいう。「おかしなこと考えるねえ、みーくんは」

「三人同時キスって。へんな感じ。……でも」

と、みほと明日太郎をうれしそうに見つめ、久美はいう。

「なんか幸せかも」

まぶさんのパンケーキたち

★ソーダ・ゼリー・ホイップ………（8ページ）

三枚がさねパンケーキのうえに、ソーダ味の青い粒ゼリー入りホイップクリームを入道雲のように巻く。ブルーグレーの雲が美しい日に。

★キャラメル・ベリー・ＵＦＯ……（12ページ）

二枚がさねパンケーキのうえに、半円形のキャラメルムースがお椀《わん》を伏せたような形においてあり、生クリームをあしらってＵＦＯの形を模している。皿の端から端まで稲妻のようにラズベリーとチョコレートのソースが横切り、星形ラムネが散らばる。国分寺市でＵＦＯ目撃のニュースが流れた日にはじめて作り、レギュラーメニュー入り。

★レインボー・エナジー・ソース……（12ページ）

三枚がさねパンケーキのうえに、同心円状に七色のソース（トマト、ラズベリー、オレンジ、パイナップル、キウイ、ソーダ、ブルーベリー）で輪が描いてある。ソースの色は身体の七つのチャクラをイメージ。パンケーキには生クリームとスライスしたバナナを添える。まぶがかつてヨガを独学していたころに発案。

★パッション・キャット…………（12ページ）

牛乳の代わりにみかんジュースを入れた、薄めの四枚がさねパンケーキ。生クリームと缶詰みかんをあしらう。陽炎子が過去にえさを与えていた野良猫がみかんをすきだったことから、猫の思い出にとリクエストされてレギュラーメニュー入りした。

★わんこパンケーキ……………（28ページ）

一枚を食べ終えるところで焼きたての一枚を提供され、いらないというまでつづくわんこそばシステムで食べるパンケーキ。陽炎子のリクエストにより始まった、ほかの客には存在を知られていない裏サービス。

★フルーツとナッツのタンバリンケーキ……………（43ページ）

厚焼きの一枚パンケーキのまわりに、カットしたフルーツがタンバリンの鈴のようにならべられ、アーモンドやピスタチオなどのナッツが散らばる。生クリーム添え。金色の飴がけ。音楽ずきな一家の、子ども用のバースデーケーキとして依頼されたのが始まりのスペシャルケーキ。

★ベーコン・アンド・ハーブ・アスピック・グレイシャー……………（55ページ）

薄めの四枚がさねパンケーキに、カリカリベーコン、ハーブと野菜のアスピックが添えられている。「お食事パンケーキ」のパンケーキは基本てきに甘くない。まぶがクリスマス料理の残りのアスピックをパンケーキにのせ、くずしながら食べたのが原形。

★フライド・グリーントマトのサワークリーム添えパンケーキ……………（68ページ）

「お食事パンケーキ」のひとつ。厚めの二枚がさねパンケーキに、輪切りのグリーントマトを揚げてのせる。粗塩をふり、サワークリームを添える。まぶにとってグリーントマトは女どうしの友情の象徴。

★フルーツトマトとバジルのクリームチーズ・バイオレンスヨット……（96ページ）

三枚がさねパンケーキのうえに、フルーツトマト&クリームチーズ、バジルソース&クリームチーズの、それぞれ厚み一センチほどの三角形のチーズケーキが二切れ、ヨットの帆を模して配される。まぶが夢の中で乗って旅をしたヨットがモデル。

★パイナップルムースと栗きんとんのブルックリン・アイスリンク……（96ページ）

二枚がさねパンケーキのあいだにパイナップルムースを挟み、上面をミントブルーに着色したホワイトチョコレートでおおい、スケートリンクを表現。栗きんとんをにぎやかにあしらう。夏季限定の冷製パンケーキメニュー。まぶが若いころ見た外国映画の、目に焼きついたワンシーンに着想を得た。

★テンプル・ライト・ライト・フォレスト……（98ページ）

ココナッツミルク入りの三枚がさねパンケーキを、ジャスミンのジュレ、ピスタチオで彩る。まぶが夢の中でアジア風の寺院の尼に教えられた、ドライマンゴーのヨーグルト漬けも添える。

★プライベート・プラネット……（98ページ）

半球形のパンケーキの内側にさまざまなデザートを層のように詰めてゆき、さいごに皿に伏せて提供する。中身や表面のデコレーションは客のイメージにあわせて作る。まぶは客の見た目だけではなく秘めた部分やかくれた魅力も直観しているようだ、とは陽炎子の談。

★思い出の果物のクリーム・ハンモック……（115ページ）

四、五枚がさねの柔らかめの薄焼きパンケーキをハンモックのように折り、フランベした果物とその食感や風味に合うクリームを挟む。果物は客のリクエストで選び、カウンター席でその果物についての思い出などを語らいながら調理してゆく。

★レンチンパンケーキ……（158ページ）

まぶが盛に食べさせることができた、さいしょでさいごのパンケーキを再現した。冷凍パンケーキをレンジで温めただけの、格安にしてもっとも思い出深いメニュー。シロップやクリームをつけず、基本はプレーンで提供する。

★ミルクカレー・アンド・ナッツバスケット……（212ページ）

「お食事パンケーキ」のひとつ。バスケット入りの小ぶりな薄焼きパンケーキ五枚に、ココナッツ風味のイエロー・カレーが別添えになっている。パンケーキ地はもちもちして柔らかく、クルミやアーモンドなどくだいたナッツがごろごろ入っている。ナンのようにパンケーキをちぎってカレーにつけて食べられる。夏に、汗をかくパンケーキが食べたいと陽炎子がリクエストして生まれた。

解説――さなぎを破る音がする

彩瀬まる

雪舟えまさんの物語を読むと、いつも落ち着かない気分になる。尾てい骨の辺りがそわそわして、居ても立っても居られないような。自覚していなかった、だけどそれに寄りかかって生きてきた壁をガラガラと崩され、急に心細くなるような。

本作は、あるパンケーキ屋に関係する人々を六つの短編で描いた連作集である。一話から三話、そして最終話の六話の中心人物は、女子高校生のみほ。最近、幼なじみの明《あ》日《す》太郎《たろう》と、親友の久美《くみ》が付き合い始めて、しっくりこない。みほと明日太郎はそれまで、なんの用事がなくてもお互いにふらりと顔を見に行くような、家族と等しく気のおけない関係だった。そしてみほは、ざっくばらんな付き合い方をする元気でかわいらしい久美のことも憧れながら大切に思っていた。

しかしある日、みほは久美から、みほが明日太郎と二人で遊ぶことを「遠慮してもらうこと、できる?」と聞かれる。青春によくある三角関係――ではない。このあとどうせ、みほと久美が明日太郎を取り合うんでしょう? そんな声が聞こえるようだが、違う。みほはこの時、こんなことを考えている。

この親友の胸のうちで、いつのまに自分はこんなにじゃまものになってしまったんだろう。あたしと久美ちゃんのあいだに、薄い膜のようにしのびこんできたものは、なんなんだろう。明日太郎のようで、明日太郎ではない気がする。

みほと久美はとても仲が良かった。みほと明日太郎も仲が良かった。どちらとも、かけがえのない親密な交流があった。それなのにどうして久美と明日太郎が付き合い始めたら、その交流はだめになってしまうのか。

一つの関係が、他の関係を押しのける。そう珍しいことではないし、誰もが覚えがあることだろう。恋人が出来たら恋人を優先し、家庭をもったら家族を優先し、仕事が忙しくなったら仕事仲間や取引先を優先する。他の関係を遠ざけることが許され、なんとなくみんな空気を読む。暗黙の「そういうもの」感に対して、この物語はまっすぐに「なぜ?」と問いかける。

みほは久美に対して「明日太郎と会わない代わりに、久美とも少し距離を置く」ことを提案する。その理由が、とても素敵だ。

「久美ちゃんとあたしのあいだに起こってることを、理解するのに、時間がいると思って」

少し思考を止めれば、そういうものだと曖昧に同意すれば、みほは簡単に「親友と幼なじみの恋のために身を引いた存在」になるだろう。そして実際にみほは、久美に気をつかったり、明日太郎に久美へ優しくするよう促そうとしたりと、それまでとは違う行動をとる。しかしそういう行動をとればとるほど、二人と結んできた素敵な関係がおかしくなっていく。このままでは久美と明日太郎、どちらとも遠ざかることになってしまう。

考え続けたみほは、ある大胆な提案を行い、久美に水をぶっかけられる。二話の結末に私は唖然《あぜん》とし、そわそわわっと身震いをした。

初めて読んだとき、私はみほに対して苦手意識を持った。自分の彼氏に、明日太郎にとってのみほみたいな「男とか女とか関係なく、人間としてまるごとすき」な相手がいたらいやすぎる。

だけど、この物語を読んでしまったら「なぜ?」と問うことを止められない。なぜ、いやなのか。そわそわしながら、これまで考えずに済ませてきたことを、考えざるをえなくなる。彼女になるとはすなわち、「女子のなかでは私が一番」みたいな意味だと思っていた？　女子のなかではってなんだ。じゃあ男子は？　男子の友だちには嫉妬しないのにどうして女子の友だちはいやなの？　好きになった人に、「男とか女とか関係なく、人間としてまるごとすき」な人がいたことは、むしろその人がこれまで幸せな時間を過ごしてこられたってことで、いいことじゃないの？

考えて、考えて、最終的には自分のがっちがちの固定観念がいやになる。そして私も「男とか女とか関係なく、人間としてまるごとすき」な相手が欲しくなり、誰かにそう思ってもらいたくなる。苦手意識は、嫉妬の裏返しだ。

実は、雪舟さんが描く人々に私はよく嫉妬する。たとえば『パラダイスィー8』（花びらが浮かぶ温かい海をゆったり泳ぐような短編集）の、いくつもの世界で性別や容姿や境遇を変えて巡り会い、何度でも友だちになる瑞《ずい》、野花南《のかなん》、ワックの三人組。『緑《みどり》と楯《たて》　ハイスクール・デイズ』（最高でしたー！　みんな読んでー！）の、見ていて恥ずかしくなるくらいあけすけな愛を全身からほとばしらせる緑くん。彼女ら、彼らの、魂の自由さに焦がれてやまない。

雪舟さんの描く人々は、人生を素晴らしいものにしたい、という澄んだ願いを見失わない。物事の善悪を、世間の善悪にそろえるのではなく、それが自分にとって幸福か否かで測る。そして現状に不足を感じれば、ごく自然に変化の渦へと飛び込んでいく。その姿勢が、判断力が、あまりに自由で、眩《まぶ》しい。

しかし、誰もがみほのように凜々《りり》しく変化を選べるわけではない。変化とは、それまでの状況を捨てることだ。さなぎの背を裂いて蝶《ちょう》が生まれるように、不快や不満があろうともそこそこ安定していた既存の世界を、破らなければならない。

なら、羽化するべきタイミングで、羽化できなかった人はどうなるのだろう。

『バージンパンケーキ国分寺』は謎の多い物語だ。パンケーキ屋に、なぜ非処女を見分けるドアベルがついていたのか。なぜ店主まぶが一人で経営する店と、四話で登場する盛《さかり》がまぶの夫となって二人で経営する店、二つの店がまるで薄紙を重ねるように存在しているのか。

キーとなるのは、やはりみほだ。みほは、変化を恐れない。必要であれば、それまでの世界を破る力を持っている。もしもみほが二話の時点で久美や明日太郎に対して正直な自分でいることを諦め、二人と、もしくは久美の望むように明日太郎と距離をとったとしたらどうなっただろう。みほは大切な存在を二人も失った、欠落のある人生を生きていくことになる。そんな可能性だって、もちろんあったのだ。

かけるべき電話をかけられなかったシスター・マーブルは、処女のまま一人でパンケーキ屋を開いた。それも素敵な生き方に見えたけれど、「これは私が歩むべき人生じゃない」という悔いは残り、彼女は「歩むべきだった人生」との合流地点を探し続けることとなる。ほんの少しの行動の違い、判断の速度、その瞬間の自分の心を信じられるか否かが、良くも悪くも未来を無限に変化させることを、物語は切々と訴える。私たちは、自分の心が訴える願いから目をそらしてはいけないのだ。「これだ！」という喜びにあふれた人生を行く、完全な自分になるために。

雪舟さんの物語は、そわそわする。不安になる。思い込みというさなぎの背を裂いて、今よりずっと楽しくて喜びにあふれた私に生まれ変わりたくなってしまう。手渡される自由な魂の躍動に戸惑いながら、とても、とても、感謝しています。

（あやせ・まる　小説家）

本文デザイン／成見紀子

本書は、二〇一三年五月、書き下ろし単行本として早川書房より刊行されました。文庫化にあたり、加筆・修正しました。

集英社文庫

バージンパンケーキ国分寺《こくぶんじ》

2019年1月25日　第1刷　　定価はカバーに表示してあります。

著　者　雪舟《ゆきふね》えま

発行者　徳永　真

発行所　株式会社　集英社
東京都千代田区一ツ橋2-5-10　〒101-8050
電話　【編集部】03-3230-6095
【読者係】03-3230-6080
【販売部】03-3230-6393（書店専用）

印　刷　図書印刷株式会社

製　本　図書印刷株式会社

フォーマットデザイン　アリヤマデザインストア　　マークデザイン　居山浩二

ISBN978-4-08-745833-6 C0193